Histórias lá de cima

A ENVOLVENTE NARRATIVA DE UMA EX-COMISSÁRIA DE BORDO SOBRE A VIDA NOS ARES

Editora Appris Ltda.
1.ª Edição - Copyright© 2023 da autora
Direitos de Edição Reservados à Editora Appris Ltda.

Nenhuma parte desta obra poderá ser utilizada indevidamente, sem estar de acordo com a Lei nº
9.610/98. Se incorreções forem encontradas, serão de exclusiva responsabilidade de seus organi-
zadores. Foi realizado o Depósito Legal na Fundação Biblioteca Nacional, de acordo com as Leis nos
10.994, de 14/12/2004, e 12.192, de 14/01/2010.

Catalogação na Fonte
Elaborado por: Josefina A. S. Guedes
Bibliotecária CRB 9/870

D259h	D'Ávila, Suzete
2023	Histórias lá de cima: a envolvente narrativa de uma ex-comissária de bordo sobre a vida nos ares / Suzete D'Ávila.
	1. ed. – Curitiba: Appris, 2023.
	160 p. ; 21 cm.
	ISBN 978-65-250-5004-1
	1. Ficção brasileira. 2. Viagens. 3. Aviões. 4. Comissárias de bordo. I. Título.
	CDD – B869.3

Livro de acordo com a normalização técnica da ABNT

Appris editora

Editora e Livraria Appris Ltda.
Av. Manoel Ribas, 2265 – Mercês
Curitiba/PR – CEP: 80810-002
Tel. (41) 3156 - 4731
www.editoraappris.com.br

Printed in Brazil
Impresso no Brasil

SUZETE D'ÁVILA

Histórias lá de cima

A ENVOLVENTE NARRATIVA DE UMA EX-COMISSÁRIA
DE BORDO SOBRE A VIDA NOS ARES

FICHA TÉCNICA

EDITORIAL	Augusto Coelho
	Sara C. de Andrade Coelho
COMITÊ EDITORIAL	Marli Caetano
	Andréa Barbosa Gouveia - UFPR
	Edmeire C. Pereira - UFPR
	Iraneide da Silva - UFC
	Jacques de Lima Ferreira - UP
SUPERVISOR DA PRODUÇÃO	Renata Cristina Lopes Miccelli
PRODUÇÃO EDITORIAL	William Rodrigues
REVISÃO	Bruna Fernanda Martins
DIAGRAMAÇÃO	Bruno Ferreira Nascimento
CAPA	Sheila Alves
REVISÃO DE PROVA	Bianca Silva Semeguini

À minha mãe, Jair, razão maior para o gosto por ouvir e contar histórias, desde a mais tenra infância. Que onde estiver, lá em cima, haja muitas e curiosas histórias para nos contar em tempos que virão.

Ao meu pai, José, por ter despertado em mim o gosto pelas viagens nas ferrovias.

Agradecimentos

Aos meus filhos, Guilherme e Henrique, por cada momento compartilhado nesta jornada.

Ao meu amigo e colega de formação na aviação, Aldoir Sandri, vítima da Covid-19, pelas tantas histórias vividas em voo, desejando que esteja agora recontando em outras paragens dessa rota infinda de inesperados.

A todos os ex-colegas da Transbrasil e de empresas congêneres com quem convivi durante os anos de trabalho lá em cima ou aqui embaixo. Vocês são uma parte significativa de minha bagagem de vida.

O bom do caminho é haver volta.
Para ida sem vinda, basta o tempo.

(Mia Couto em Um rio chamado tempo,
uma casa chamada terra)

Apresentação

Na sala de embarque

Nos anos em que exerci a profissão de comissária de bordo, ouvi contar e vivenciei muitos acontecimentos incomuns. Com isso, trago na memória histórias de diversas naturezas. São momentos cuja tônica se alterna entre elementos cômicos, dramáticos ou inusitados. Eles envolvem gente, e, com alguma frequência, animais. Costumo contar essas histórias ao sabor das reuniões familiares ou entre amigos, sempre que o interesse surge.

Não há novidade na constatação de que quem viaja usualmente tem muitas histórias para contar e o faz. Em seu ensaio *O narrador*, Walter Benjamin[1], um respeitado estudioso do assunto, discorre sobre a origem da arte de narrar e a situa na interpenetração de dois tipos arcaicos de narradores: os marujos e os camponeses, que enquanto trabalhavam manualmente, contavam mutuamente as suas experiências das terras visitadas (no caso dos marinheiros) e da própria terra, no caso dos camponeses. A partir disso, os ouvintes dessas histórias se apropriavam de seu conteúdo, surgindo daí novos narradores que levavam as histórias ao domínio público.

O saber contar pede outros talentos, além de ouvidos atentos. Já o saber ouvir, na rapidez destes tempos

---

[1] BENJAMIN, Walter. **O narrador**: considerações sobre a obra de Nikolai Leskov. Magia e técnica, arte e política: ensaios sobre literatura e história da cultura. São Paulo: Brasiliense, 1994. p. 197-221.

fluidos da modernidade, nos mostra que o tempo é um elemento caro (e raro) e não estamos dispostos a investir tempo e atenção naquilo que não podemos abreviar. É dessa premissa, a de que o tempo urge, que exigimos de nossos contadores de histórias, ao mesmo tempo, brevidade e, mais crucial ainda, boas histórias para atrair a atenção do leitor.

Assim, embora uma característica da boa narrativa seja a economia em informações e explicações para deixar ao ouvinte (e leitor) apenas o essencial a ser comunicado, optei por uma certa generosidade no fornecimento de informações e explicações, na intenção de tornar os momentos e situações aqui presentes o mais simples possível para o leigo nas viagens lá de cima.

Relatos de fatos, causos ou verdades ressignificadas? Recorro ainda outra vez à percepção de Benjamin sobre as transformações do exercício de contar as experiências do mundo na atualidade: "o conhecimento que vem de longe encontra hoje menos ouvintes do que a informação sobre acontecimentos próximos. Apesar de a narrativa sempre tender ao miraculoso, é indispensável que a informação nela contida seja plausível".

Com isso em mente, entrego ao meu leitor uma espécie de compromisso com os fatos em si, mas não incluo nenhuma cláusula de relação absoluta com a verdade. Haverá, aqui e ali, momentos de ficção, por falha da memória ou mera intenção de dar aos fatos um tratamento mais estético, revestindo-os com uma roupagem mais reluzente, mas nunca falhando no que envolva a verossimilhança, carro-chefe de minhas histórias.

A conversa está ficando comprida demais, e a bordo o tempo voa!

Então, senhores e senhoras, queiram aceitar meu convite, desapertar os cintos e embarcar nas páginas desta viagem, desejando que:

- Esses registros de voos se materializem rapidamente, antes que *Chronos* exerça sua inexorável influência, varrendo momentos significativos de minhas andanças, ou que a imprevisível memória delete os arquivos; e

- Que os antigos contadores de histórias, sem a pressa que nos acompanha nestes dias do século XXI, iluminem esta pista em busca de um voo breve, inusitado e de chegada satisfatória.

Embarque imediato, leitores e leitoras!

A gente se encontra lá em cima!

Sumário

CONVITES LÁ DO ALTO 17

AVIÃO: SIM OU NÃO?................................. 21

MIRANDO O CÉU; CAINDO DA CAMA 31

FOGO DE SANTELMO: UM SUSTO E UM DRINK 37

O BATISMO NO CITY HOTEL......................... 43

SÃO PAULO, O AVESSO DO AVESSO
DO AVESSO DO AVESSO 47

UMA HISTÓRIA DO GARIMPO........................ 51

O BANAL E O INIMAGINÁVEL OCUPAM
O MESMO ASSENTO 59

O BARULHO NO PORÃO............................. 67

A HISTÓRIA DA MENINA ÍSIS NA COPA DE 78........ 71

MISTÉRIO NO VOO CARGUEIRO 85

ÍCARO E SUA FRAGILIDADE.......................... 91

NA BARRIGA DO MONSTRO 95

AO ALCANCE DO SOCO 97

A MICRO FRAÇÃO DE UM SEGUNDO 99

ATRÁS DO TRIO ELÉTRICO 109

A SORTE NOS ROCHEDOS 115

O ESCORREGADOR DO B-767 121

CRUZANDO FRONTEIRAS............................129

NATAL EM COPENHAGEN 141

UM NOVO CICLO 155

Convites lá do alto

Lá pelo ano 2003, passando em frente ao Museu de Arte do RGS, no Centro Histórico de Porto Alegre, vi, na fachada do prédio, um enorme letreiro convidando os transeuntes a conhecer a história da Varig. Apesar da intensa vontade de entrar, uma estranha força me afastou daquele local, e quando dei por mim, estava apressando o passo e indo embora.

Passados alguns dias, já refeita da atitude impulsiva, mas ainda sob o impacto daquela estranha força de repulsão, fui lentamente sendo conduzida pelos caminhos da memória, que se tingiam nas cores azul-royal, preto e branco, enquanto o passado voava ao som dos turboélices e jatos.

Hoje sei que se tivesse subido aqueles degraus, naquela ocasião, certamente não encontraria qualquer referência ao meu nome na história da Varig.

Mas ela está, sim, inscrita definitivamente na minha.

\#

A Varig foi uma espécie de espelho, através do qual, ainda criança, fui descobrindo minha própria imagem e destino. Nascida no meio do transporte ferroviário, cresci à beira dos trilhos ferroviários da extinta estação de Diretor

Pestana, protegida pelas enormes asas que pousavam no aeroporto Salgado Filho, em Porto Alegre. Dali, dos trilhos e das aeronaves que via, forjei o alimento para meus primeiros sonhos e planos de ampliar o espaço em minha volta e ganhar o mundo. A cada pouso, fechava os olhos e imaginava onde aquela enorme figura brilhante teria estado, que paisagens teria cruzado, que cheiros estaria trazendo.

Aqueles formidáveis pares de asas, cruzando o céu acima de minha cabeça, protegeram e ajudaram a formatar a minha vida, já de antemão, moldada para as viagens pela história familiar. Meus personagens, *personna* de mim, foram os *DC-4*, depois os *DC-6*. Ah! Os *Viscount* — ah! Desses, a gente reconhecia o ruído de longe. Largava as brincadeiras ou os temas de casa para ver o desenho diferente de suas janelas.

Com um pouco de sorte (seria imaginação?) via os felizes passageiros, por detrás das cortinas, que na época eram de pano. Felizes passageiros, sim! Seria impossível – aos 12, 13 anos — imaginar alguém infeliz lá dentro. E os *Constellations*, então... que sucesso faziam! Mas nenhum outro superou em beleza (e barulho) o B-707, especialmente aquele do modelo com aquela "agulha"[2] atrás e em cima da cauda. Quanta imponência! Esquecer os "Caravelles", como?...

\#

Enquanto frotas de diferentes épocas zumbiam melancolicamente em minha alma, eu buscava racio-

---

[2] HF antena, localizada no estabilizador vertical da aeronave.

nalmente entender minha própria resistência em entrar naquele local. Então, me dei conta de que era dor e desolação pela perda que se anunciava, iminente. E me dei conta de que aquela exposição no museu era uma espécie de pedido de socorro digno e silencioso, da Varig, e, em um nível mais profundo, de mim para mim.

O pensamento colocado em discurso quase audível seria algo assim:

— Venham, gaúchos, conhecer como nasci, como cresci, como tudo aconteceu até chegar aqui... Venham! Vocês sabem por quais lugares deste planeta divulguei as siglas deste estado e deste país? Sou parte da história desta terra. Isso não lhes diz nada? Venham me visitar. Quem sabe possam impedir a minha extinção. Venham salvar a minha, a nossa história, parte da história de nosso estado, para que não caiamos no esquecimento. Afinal, não é um dito popular de nosso estado que nos lembra que "não tá morto quem peleia"?. Eu tenho uma história a zelar!

Entendi o dilema daquela estrela tão iluminada em tempos idos, que foi o orgulho de nossa aviação por tantos anos, ao enfrentar a sua agonia. Ao mesmo tempo, o pensamento, de mim pra mim, completava:

— E você? Qual a sua história? Registre-a enquanto é tempo. Tudo passa... Aquela estrela magnífica hoje está se apagando, e a sua?

\#

Foi a partir daí, com profundo senso de realidade, que iniciei o registro de minhas próprias andanças, não tão diversificadas, nem tão ricas quanto as daquela estrela que estava se apagando.

Da decisão tomada à efetivação desse registro pessoal de vivências, procurei tecer um quadro variado de histórias da gente brasileira, escrevendo sobre os momentos compartilhados lá em cima, na maior parte dos casos com seus protagonistas tendo permanecido tão anônimos quanto dignos de estarem para sempre entre as minhas lembranças mais valiosas no percurso desta viagem maior.

Avião: sim ou não?

Indiscutível o papel da verdade diante das situações que se apresentam em nossas vidas diariamente. Entretanto, houve, sim, um momento em que – conscientemente — optei por um caminho mais tortuoso...

Se me arrependi? Não! Naquele momento era tudo ou nada!... Vou contar.

Era início do ano de 1977. Porto Alegre. Eu, 23 anos, cursava o último ano da faculdade de Letras (Português, Inglês e Literaturas) e me preparava para a sequência de estágios obrigatórios. Entretanto, o encanto dos jatos que desciam e subiam acima de nossas cabeças ali perto do aeroporto era o campo fértil em que os sonhos e planos fervilhavam. Eu queria ganhar o mundo. Decolar. É bom lembrar que, na época, não havia aulas grátis de idiomas no Youtube, nem mesmo internet para impulsionar a aquisição de um idioma estrangeiro. Cursos presenciais? Apenas o Cultural, lá no alto da Riachuelo, e não era para quem vinha de uma família grande, de pai ferroviário com seis filhos para alimentar e recebendo apenas um salário-mínimo para isso. Eu era a primogênita.

Iniciara a trabalhar com "carteira assinada" aos 15 anos. Precisava ajudar em casa. E era crucial o *upgrade* no inglês para avançar em meu projeto de vida. Uma encruzilhada...

Fiz a minha inscrição para o processo seletivo à carreira na aviação quando recebi um cartão postal de uma amiga de infância em meu aniversário de 23 anos. Ela fora igualmente vizinha e filha de ferroviários, e mais à frente surgirá em uma das minhas histórias mais marcantes. Guardem o nome: Karina. O postal, além dos tradicionais parabéns, informava o novo endereço da remetente, nas proximidades do aeroporto de Congonhas. Na verdade, ainda em nossa adolescência, a família de minha amiga havia sido transferida para o interior do Estado (Santa Maria/RS) em virtude do trabalho do pai dela, e acabamos por nos afastar geograficamente. Trocamos apenas algumas cartas nos anos posteriores.

A mensagem que acendeu uma luz em meus planos, além da imagem de um avião (da Vasp), no verso era: "Anote o meu novo endereço em São Paulo, embora o meu verdadeiro lar, de um ano para cá, seja praticamente a bordo dos aviões da Vasp".

Coincidentemente, poucos dias depois, li no jornal local um anúncio em destaque sobre um processo seletivo para comissários e comissárias de bordo ocorrendo na Transbrasil. Ainda me lembrando da correspondência recebida de minha amiga Graça (Karina, na Vasp), tratei de enviar a minha inscrição via correio. O anúncio no jornal a que estava respondendo informava que os selecionados, baseados na análise do curriculum enviado, seriam informados por telegrama e deveriam se apresentar em data e local a serem informados posteriormente para entrevista, que ocorreria em nossa própria cidade. Em torno de 15 a 20 dias depois, recebi o telegrama contendo a data, o horário e o local para a entrevista. Observe, caro leitor e leitora, a dinâmica da comunicação era outra. Mas funcionava!

Soube depois que houve um total de 360 inscritos, no RGS, dos quais 60 receberam a chamada. As entrevistas ocorreriam pela manhã e tarde, no City hotel, sim, aquele ali próximo do Mercado Público de P. Alegre, na Rua José Montaury.

A entrevista foi conduzida em inglês, as perguntas eram de simples compreensão e pediam respostas objetivas e simples. Entretanto, uma marcou a minha entrevista para sempre. Foi uma das raras ocasiões em que menti, deliberadamente.

A pergunta foi:

— *Can you swim*?

Simples... Três palavras: você sabe nadar? A resposta teria que ser igualmente objetiva e satisfatória.

Não! Eu não sabia nadar. Pior!... Eu tinha pânico de tentar aprender. Nunca consegui nadar, mesmo tendo entrado em diversas aulas de natação. Sempre que chegava o momento de me soltar das bordas das piscinas, tudo ia literalmente por água abaixo. Havia um bloqueio, com certeza. E havia uma possível explicação e essa já seria uma outra história, que remeteria à minha infância, mar, Tramandaí... (aos curiosos, vai aí um resumo: meu pai, depois de uns tragos com meu tio, jogava o meu primo e eu pro alto no mar. Era uma brincadeira inocente, mas eu não percebi aquilo da mesma forma).

\#

Fui rápida no processamento do que faria. Pensei...

Com um SIM, eu sabia que teria uma possibilidade de seguir naquele processo. Para isso, deveria responder:

— *Yes, I do!*

Com a resposta negativa (e, diga-se, honesta), o meu projeto de viajar o mundo naufragaria ali, naquele nobre gesto de sinceridade:

— *No, I don't!...*

Não! E eu iria ampliar os meus horizontes, aprender outras culturas, apreender outras paisagens nas retinas de meus olhos ávidos.

— *Yes!...*

Menti e nunca me arrependi. Mas isso teve consequências...

\#

Passei na entrevista. Passei nos exames clínicos e psicotécnicos, na época, feitos no DAC (Departamento de Aviação Civil) do Ministério da Aeronáutica, hoje substituído pela Anac (Agência Nacional de Aviação Civil).

\#

A lembrança da despedida de meus pais e amigos, no aeroporto, mereceria um capítulo à parte pela intensidade (muito bem disfarçada) de emoção dos protagonistas dessa cena.

Por ora, destaco aqui o registro de dois momentos pictoricamente fixados em minhas mais significativas passagens:

1) Os rostos de meu pai e minha mãe — no momento do longo e silencioso abraço — pareciam dizer:

— Vai, filha. É teu destino e tua vontade se cumprindo. Que Deus te proteja!

Eu nesse longo abraço – silenciosamente, também em resposta — garantia a eles:

— Um dia eu volto, tá? Prometo que vou comprar uma casa para quando o pai se aposentar e se afastar das viagens de trens poder ter um lugar para passar os seus dias futuros.

Tudo isso foi dito pelos olhos. Nenhuma palavra foi enunciada.

2) A outra lembrança? O chambre de pelúcia azul bebê com florezinhas que minha mãe fez para o frio, que "ouviu dizer que fazia em São Paulo no inverno". Ela sempre costurou para os seis filhos. Não era costureira, mas se virava – como costumávamos dizer na época.

\#

E o TYS da Transbrasil nos esperava na pista e pra lá seguimos. Éramos nove gaúchos e gaúchas indo para São Paulo, onde faríamos o curso, de maio a julho de 1977. Éramos cinco aptos ao curso na primeira turma e outros quatro do grupo na turma seguinte.

O curso ocorria no departamento de ensino da própria Transbrasil. Eu tinha uma vaga ideia de que aquela mentira, inocente até então, voltaria de alguma forma e que poderia gerar momentos de tensão. E aconteceu.

Primeiro dia de curso. Apresentações gerais. Apresentação dos conteúdos... Entre as disciplinas, havia Pouso Forçado na Selva e Pouso Forçado na Água. Em ambas, havia aulas teóricas e aulas práticas. Na primeira delas, tudo transcorria dentro do esperado. Aprendíamos coisas interessantes do ponto de vista da sobrevivência na selva, como, por exemplo, saber reconhecer se uma cobra é venenosa ou não, como tirar a pele e como prepará-la para comer, os tipos de plantas comestíveis ou que continham água boa para consumo e coisas assim... Também aprendíamos a utilizar os sinalizadores, tipos de fumaça colorida, para o caso de alguma aeronave sobrevoar a região e poder visualizar uma aeronave acidentada e seus sobreviventes.

O perrengue, para mim, obviamente, ocorria quando tínhamos a disciplina de Pouso Forçado na Água... O frio era muito intenso em São Paulo, naqueles meses, entre maio e julho. As aulas (até então, teóricas) preparavam os alunos para atuar em caso de necessidade de pouso na água, como esticar a corda existente dentro da aeronave até a ponta da asa ou como andar sobre ela, não esquecendo que a água estaria com fortes movimentos e, ainda, que a asa estaria escorregadia pela água, logo após a amerissagem. Manter a calma e o equilíbrio físico ao andar ali era imprescindível. Depois disso, jogar o bote salva-vidas na água, esperar que ele inflasse completamente e amarrá-lo à asa para permitir o embarque de até 25 passageiros. Depois, repetir o processo para um segundo ou terceiro bote e orientar os passageiros para se afastarem, usando os remos existentes dentro dos botes. Em um suposto pouso de uma aeronave na água, era preciso esperar que os botes se afastassem, ao menos 200 metros da aeronave, porque os estudos mostram que o avião tende a afundar dentro de um determinado tempo, arrastando com ele o que estiver próximo.

Tudo isso aprendemos em teoria e com imagens ilustrativas. A prática dos dois conteúdos, entretanto, ficou postergada para um único dia a ser agendado para data próxima ao final da disciplina. Ocorre que durante todo o tempo, tínhamos consciência de alguns detalhes importantes:

1) Todos estariam devidamente vestidos para a experiência, usando coletes salva-vidas, e, quando recebessem instruções, deveriam se jogar na água, imediatamente e sem qualquer hesitação.

2) Quem não se jogasse seria jogado na água. E isso, salientaram, poderia trazer consequências, como um deslocamento de clavícula, o que ocorrera com uma colega no curso anterior que vacilou em saltar, considerando o frio do momento, e, sendo empurrada, caiu de mau jeito.

Até aí, a ênfase dos instrutores quanto à obrigatoriedade de saltar a qualquer preço era dada em função do aspecto da água, gelada demais naqueles dias cinzentos, e não por medo, já que todos deveriam estar aptos a nadar.

Mas, lembremos, esse não era o meu caso. A mentira vinha cobrar o seu preço. A nado!...

Durante todo o período do curso, essa disciplina molhada era o meu terror. Eu não sabia nadar e teria que resolver essa parada de um jeito ou de outro, sob pena de ser excluída do curso pelo não cumprimento satisfatório da disciplina. O curso ocupava sete horas do nosso dia.

Era bem "puxado" e tínhamos sobre nós muita cobrança e pressão. Era tipo treinamento militar e precisava que assim fosse. Afinal, lá em cima, teríamos papéis importantes a desempenhar, especialmente no cuidado com a segurança de nossos futuros passageiros.

Então, ciente de que teria uma pedra no sapato para lidar (por não saber nadar), eu tratava de tirar ótimas notas e dedicava a quase exclusividade de meu tempo ao estudo. Ficava até tarde revendo matérias e estudando os conteúdos possíveis do dia seguinte para tentar me destacar ao máximo. O meu plano – um tanto ingênuo – era que, se eu reprovasse na etapa prática da disciplina de Pouso na Água, quem sabe eles reconsiderariam a exclusão, se eu fosse muito bem nas demais disciplinas, ou seja, por ser uma aluna aplicada.

A verdade, entretanto, é que a angústia de saber que o instante de ser jogada na água existia e só se aproximava marcou os meus dias naquela época. Não dividi a história mal contada com ninguém da turma.

Até o presente momento...

\#

Chegou o dia e o lugar. Represa de Guarapiranga, São Paulo, capital, 2 de julho de 1977. Frio. Frio. Frio imobilizante. Neblina ou garoa total. E nós dentro de um barco, já preparados com coletes amarelos. Todos tremiam. Eles, de frio; eu, de frio e de pavor... Sabia que não deveria esperar ser jogada. Deveria saltar antes disso...

Chegado o momento, instrução dada, todos saltaram. Devo ter sido a penúltima. Tudo o que retive no pensamento, a fim de aparentar um pouco de altivez (ou lucidez, não sei bem), foi que o colete me manteria com a cabeça acima d'água.

Saltei.

Do instante seguinte, só me lembro de galhos ou troncos de árvores embaixo d'água. Água acinzentada... borbulhas... Troncos e galhos em volta... Eu gritando desesperadamente até algum instante seguinte.

É surpreendente o quanto, no momento do sufoco, pensamos em chamar por alguém que não poderá nos ajudar. No caso, gritei por minha mãe. Nem terminei, creio. A água que engolia impediu.

#

Na cena seguinte, já haviam me retirado da água e colocado dentro do bote com os demais "náufragos" trainees, e estava bebendo um copo com algum conhaque e sendo coberta com japonas de nylon. Tudo isso para reagir ao frio intenso daquele dia e local. Fui informada, então, de alguns detalhes do incidente: eu havia afundado ao saltar e não voltei à tona como os demais, depois do salto. A razão disso ainda estava sendo analisada. Uma das hipóteses consideradas pelo nosso instrutor-chefe, Richard, era a de que o meu colete não continha a quantidade esperada de pressão (PSI) necessária, apesar de os equipamentos terem sido todos checados naquele quesito. Todos os coletes seriam, então, submetidos a nova avaliação posteriormente para que se esclarecesse o que aconteceu comigo. Me livrei da expulsão momentaneamente.

Mas eu sei a verdade do ocorrido.

Era óbvio que, no momento do salto, eu iria afundar e subir. Teria, apenas, que manter a calma. Mas isso não aconteceu. Uma vez lá embaixo, entrei em pânico, me desesperei, esperneei e gritei como uma condenada à forca. Fui engolindo água e não lembro de nada mais até me tirarem de lá.

O colete não foi o culpado.

Resumo do enrosco: já em terra firme, participei minimamente das atividades programadas, não ajudei a afastar o bote, não pratiquei a sinalização com fumaça vermelha para as supostas aeronaves que pudessem sobrevoar a região do acidente. De quebra, trouxe para a terra firme um resfriado bem duradouro.

Passados alguns dias, fomos informados de que – nos testes com os coletes — fui isentada de qualquer responsabilidade no episódio, porque o meu colete estava mesmo com a quantidade de PSI abaixo da esperada.

O meu mau desempenho naquela instrução prática não ficou tão evidente, porque passei naquelas disciplinas no conjunto do trimestre, pelas provas teóricas e nas demais que compunham o curso. E, ao final, fui uma das primeiras classificadas e pude escolher uma de três vagas para fixar base em São Paulo. Os demais colegas de turma escolheram entre Brasília e Rio de Janeiro.

Alguém lá em cima me ajudou e pude prosseguir com meu projeto de voar. E, a partir daí, o corredor para o mundo estava aberto.

Mirando o céu; caindo da cama

Após os primeiros classificados no curso terem iniciado o seu treinamento em voo, foi a minha vez. Alguns dias, depois deles, o meu primeiro voo saiu na escala! Minha instrutora tinha o nome de Maria. Só Maria. E era uma pessoa iluminada, de sorriso aberto e fala franca. Maria levava muito a sério a sua missão de ensinar a prática da profissão e cobrava à risca tudo o que envolvia postura profissional, comportamentos dentro e fora do avião, além do trabalho em si.

Mas isso só fui saber depois...

Porque no primeiro dia de trabalho, quase perdi o voo. A programação daquele dia tinha a decolagem de Congonhas (naquela época, Guarulhos ainda não operava) para Belo Horizonte às 7h. Haveria um pouso no Rio de Janeiro, na ida. A volta seria direta até Congonhas. Fim de programação. Eu poderia ir pra casa. Teria passado a salvo pela experiência do primeiro voo.

A apresentação no aeroporto estava marcada para uma hora antes da decolagem, portanto às 6h. O fim da jornada seria às 13h30. Tão logo registrado o voo em minha programação, pesquisei e – de antemão – já sabia que as etapas eram de curta duração e o serviço de bordo, naquela época, era bem reforçado, sinal de que haveria bastante trabalho a bordo em curto espaço de tempo.

Na noite anterior, eu estava bastante ansiosa e sem muita confiança no futuro desempenho diante de uma instrutora. Em cada voo, somente uma aluna recebia instrução e eu não queria fazer feio na minha estreia, porque sabia que as histórias corriam feito rastilho de pólvora...

Tentei deixar as preocupações de lado e tratei de deixar tudo o que iria necessitar impecavelmente arrumado: uniforme, calçado, botas, *apron* (que era um tipo de avental para usar durante o serviço de bordo), crachá e carteirinha técnica (que me autorizava a exercer função a bordo da aeronave). Nesse caso, a aeronave era um *Bac One Eleven*, uma aeronave britânica. Naquele momento, o uniforme era composto de saia cinza e blusa azul marinho ou blusa vermelha. A blusa tinha como detalhe principal um laço, que era amarrado tipo gravata (vermelha ou azul marinho, ou seja, na cor inversa à cor da blusa) com um sol estilizado igual ao sol constante, à época, no estabilizador vertical dos aviões, o famoso "rabo" do avião. Os *blazers* eram das cores marinho e vermelho também ao inverso da cor da blusa. Havia também botas e sapatos de salto fino 7, no mesmo tom de cinza.

A bordo, a bota (ou sapato) era substituída por sapatilhas, mais seguras e confortáveis, e vestíamos um *apron* cinza sobre a saia e a blusa. Conferi ainda as meias de nylon e a bolsa que continha tudo o que deveria conter. Tudo estava lá... Até o nosso alinhadíssimo e clássico casacão de cor cinza para as temperaturas baixíssimas que estavam acontecendo em São Paulo e sul do país estava pendurado à minha frente. E a mala pronta, para o caso de eventual necessidade de pernoite, coisa bem comum naquela profissão. Todos os itens necessários conferidos, fui dormir cedo.

Lembro que sonhei que acordei atrasada e corria sem sapatos pela pista de Congonhas, na tentativa de ser vista pela tripulação da aeronave, que já corria na pista para a decolagem... No pesadelo, o avião decolou sem me levar. E eu ali, descalça e ofegante. Parada e sem saber o que fazer, vendo a aeronave subir... subir... subir. E desaparecer em meio às nuvens do amanhecer em Congonhas. Vergonha... Um choque...

Quando a aeronave decolou no meu sonho, acordei em um salto só, num susto só. O coração disparou. Olhei o relógio, só para saber que horas eram. Hein?... O relógio mostrava 6h30. Até hoje não sei o que aconteceu. Tenho certeza de que coloquei o relógio para despertar. E nunca antes algo do tipo havia acontecido comigo. Na época, eu tinha 23 anos. Trabalhava desde os 15 anos cumprindo horário e nunca, nunquinha havia perdido um horário.

Daí em diante foi um pesadelo só... Eu morava a algumas quadras do aeroporto, na Rua Baronesa de Bela Vista. Era uma distância a pé de uns 10 a 15 minutos. Mas eu teria que, antes, tomar banho, me arrumar, me maquiar, prender o cabelo (esses eram preparativos muito importantes). Liguei no aeroporto e expliquei o ocorrido. Eles me explicaram que a minha instrutora havia ido para o avião com alguém que estava na reserva, que era a programação em que os profissionais ficam uniformizados de plantão no aeroporto prontos para substituir um colega que não tenha se apresentado para o voo. O atendente disse, então, para eu ir para o aeroporto e ficar na reserva, no lugar da pessoa que tinha assumido o meu lugar a bordo.

Nunca fiz tantas coisas em tempo tão recorde. Mas fiz. Não chamei taxi por medo de atrasar ainda mais a minha chegada. Saí correndo, puxando o carrinho da mala, do jeito que consegui... Supérfluo acrescentar que o coração seguia atrás, aos trancos. Subi as altas escadarias da passarela em frente ao aeroporto e cheguei em Congonhas. Peguei o elevador, que felizmente estava ali e subi. Entrei no DO, que é a forma informal dada ao Despacho de Operações, local onde todos se apresentam para assumir os seus voos. A sensação era a de decomposição visual de um ser estranho que houvesse chegado de algum lugar não reconhecido.

Ou, ao contrário, a impressão era a de que todos aqueles pares de olhos que me fixavam tinham plena compreensão da novidade: uma novata havia perdido o seu primeiro voo. Isso ia render na "rádio pião".

Felizmente, o atendente foi muito compreensivo e disse que talvez eu ainda pudesse assumir aquele voo, que ainda estava "no chão". Pediu uns minutos e em seguida me chamou. Ele havia se comunicado com o comandante e a tripulação e eu estava autorizada a ir para o avião.

Cheguei lá, junto aos passageiros, mas entrei depois deles. Que situação!... Da minha parte, muito stress... Que papelão! Não havia tempo para qualquer explicação. Aliás, eu iria explicar o quê? Nem eu sabia o que havia feito aquele bendito relógio não despertar.

E o sonho que me acordou, como explicar?...

A instrutora Maria me recebeu com um sorriso e pediu para que eu guardasse a mala e me posicionasse junto à colega que me substituíra enquanto eu não chegara e que estava recepcionando na porta traseira do avião. Ela foi orientada a que depois do embarque, descesse e voltasse para o DO para continuar à disposição, na reserva, para o caso de necessidade de substituir alguém. Tipo eu.

De imediato, passei a exercer as tarefas e atividades para as quais fui preparada nos meses anteriores. Com algumas correções de rumos e melhorias indicadas pela instrutora a instrução prática fluiu e, no decorrer daquele e dos próximos voos, fui ganhando quilometragem e experiência.

Momento de mencionar o quanto sou grata a ela, minha primeira instrutora Maria, esteja onde estiver nestes dias em que escrevo, e a todos aqueles e aquelas que passaram por minha vida lá em cima, e especialmente nesses primeiros tempos de descobertas e ricas experiências.

Fogo de Santelmo: um susto e um drink

Era um voo noturno, longo e sem escalas. A noite era um presente em termos de cenário lá fora. O serviço de bordo havia sido concluído e todos descansavam. Eu, na função de segunda comissária, posicionada na parte traseira da aeronave, recentemente liberada para voar sem instrutora, tinha concluído as minhas tarefas imediatas dentro do avião.

De repente, ouvimos a chamada da cabine de comando e um colega, posicionado próximo à cabine, atendeu. Me surpreendi com o semblante contrariado ou preocupado com que ele retornou e se dirigiu até onde eu estava. Olhou para mim e disse:

— Carolina[3], o comandante quer que você leve a machadinha com urgência até a cabine de comando.

— Por quê? Perguntei, ainda sem entender a fala do colega...

A resposta veio apressada e sem muitos detalhes:

— Pegue o equipamento e vá lá depressa. Está acontecendo agora, na cabine de comando, o Fogo de Santelmo e, nesse caso, somente esse equipamento pode ajudar.

---

[3] Esse era o meu nome a bordo, visto que, na época, havia colegas com o primeiro e também com o segundo nome iguais aos meus. Nesses casos, era necessário que o tripulante técnico ou comissário escolhesse um outro nome para uso no trabalho.

Respondi que não tinha noção do que ele estava falando ou o comandante pedindo.

Em resposta ele me lascou:

— É responsabilidade da segunda comissária (minha função, na época), ao embarcar, checar se o equipamento está a bordo e em boas condições de uso!...

Todos à sua volta concordaram com olhar de extrema preocupação por mim e pela situação que se apresentava, até ali, sem atendimento. Acho que somaram à presente situação o fato de que o comandante era tido como dos mais "facilmente irritáveis", o que considerei – até ali – o mais preocupante do discurso todo!

— Senhor!... O que faço agora? – Fiquei em pânico.

Houve unanimidade:

— Vai até lá e explica isso... Que tu não tens conhecimento da existência de uma machadinha sob responsabilidade da segunda comissária a bordo e que nem no curso a mencionaram. Diz que a instrutora também não mencionou nada durante a instrução prática. E diz que tu não sabes como atender a este pedido, porque desconhece, inclusive, esta situação.

— É o que eu faria – apoiou um colega, também novato.

Tremi. E isso foi literal.

Tomei um gole de água com açúcar e me dirigi à cabine, sem qualquer ilusão que não sugerisse – no mínimo – umas horas no purgatório. Entrei e o que vi me deixou muito assustada: fortes luzes, labaredas na verdade, em fortes tons de azul e laranja escaldante açoitavam os vidros dianteiros do avião e iluminavam toda a cabine. O som era de chicotadas e os raios intensos e constantes iluminavam os rostos de todos. Fiquei muito assustada, achando que aquilo iria quebrar os vidros dianteiros do avião e iríamos cair.

Mais impressionada fiquei quando o copiloto olhou pra mim e disse, estendendo a mão:

— Onde está o equipamento?

Não o vendo, repetiu a pergunta, já franzindo o cenho.

Respondi, já com a voz hesitante e preocupada com o destino de todos nós, o que você, leitor, soube antes dele:

— Desculpe, capitão... Não sei onde houve esta falha, mas a verdade é que desconheço o equipamento e não sei onde estaria guardado. Como posso ajudar, nesta situação?

O fenômeno continuava açoitando a aeronave e eles ali, me olhando com cara de reprovação, em uma percepção gentil do que estava acontecendo...

Então, ele falou, depois de um longo suspiro:

— Somente este equipamento de segurança é eficaz e pode evitar danos no avião em caso de ocorrência do Fogo de Santelmo, que é um raro fenômeno meteorológico. É por esta razão que precisamos deste equipamento de emergência a bordo. No curso não te ensinaram isso? A tua instrutora a bordo não te cobrou a localização disso?...

E completou:

— A culpa desta situação aqui nem é tua, na verdade! Entretanto vou ter que reportar este fato à chefia dos comissários para que este tipo de situação não se repita.

E encerrou a conversa, com olhar muito sério:

— É uma questão de segurança a bordo ter conhecimento das funções a cargo de cada componente da equipe. E tu não estavas preparada. Na presente situação, se tu tens fé, reze para São Telmo. Que ele nos dê uma trégua e que a aeronave se saia bem dessa... Quanto a ti, pode voltar para a cabine!

O comandante, que até então olhava para a frente em silêncio, completou:

— Por favor, traga uma água para nós.

— Claro!...

Respondi. E saí da cabine de comando.

Era claro para mim que estava bem encrencada com a simples menção daquele termo "reportar". O verbo reportar, naqueles primeiros dias na profissão, trazia uma conotação bastante negativa, aliás, assustadora. O seu uso era comum e geralmente negativo. Funcionava, mais ou menos, assim:

— Fulano foi reportado.

Ou, então:

— Sinto muito, mas tive que reportar o fato (ou o fulano).

Então, com aquele veredito pesando nas costas, ao sair daquela cabine ao encontro dos demais colegas, pude imaginar a situação, claro, tendo meu nome como objeto do reporte e, sendo – em consequência desse destaque —comentada, jogada aos leões já na descida da escada no aeroporto de origem. Tudo isso por não saber onde estava a bendita e insubstituível machadinha. Desne-

HISTÓRIAS LÁ DE CIMA

cessário mencionar a frustração que sentia por não ter conseguido atender à primeira demanda em que a minha ação teria sido essencial, extinguindo aquele fenômeno raro a bordo...

Assim pipocavam os pensamentos em meu atormentado cérebro, quando cheguei à *galley*[4] para pegar a água solicitada, a cortina estava fechada. Estranhamente, ali, não havia nenhum colega. Puxei a cortina e estranhei que não havia ninguém também ali à minha espera. Então, peguei dois copos com água e, aproveitando, peguei cafezinho e saí novamente, em direção à cabine de comando. Na entrada, dei-me conta de que – agora – havia três comissários à porta, aparentemente conversando tranquilamente. Abri a maçaneta da porta e entrei.

O fogo de Santelmo havia desaparecido. Entreguei a água e o café a dois pilotos silenciosos e que não me olharam nos olhos ou agradeceram. Pedi licença e abri a porta para sair. Foi nesse momento que os comissários me impediram de sair e entraram na cabine e, junto aos pilotos, fizeram o maior alvoroço.

Daí em diante, fui mudando de apreensiva a descontraída, de angustiada a aliviada. É que, em resumo, fui considerada "batizada" e em alto estilo. O fenômeno do Fogo de Santelmo é bastante raro e muitos de meus colegas mais antigos nunca o haviam visto. Fomos, na verdade, premiados com aquela explosão de luzes coloridas...

Foi aí que um deles teve a brilhante ideia de aproveitar o evento para fazer o meu "batismo", inventando que a

---

[4] Denominação dada à área do avião onde fica armazenada a alimentação a ser servida e onde há a preparação do serviço de bordo.

segunda comissária deveria ter em mãos o equipamento imaginário que poderia interromper a suposta e perigosa ameaça à aeronave.

Nunca mais assisti ao Fogo de Santelmo, embora – bem mais tarde – eu tenha inventado um drink (com gelo seco, anis, suco de laranja e pêssego) que sugeria as vibrantes cores e formas explosivas daquele fenômeno.

O batismo no City Hotel

Aconteceu com uma conterrânea e a história se passou algum tempo antes de minha experiência aérea. Na verdade, é comum o batismo dos profissionais novatos por meio de uma pegadinha, geralmente em situação embaraçosa. É o ritual de passagem, que, como em tantos outros momentos, dificilmente deixa boas lembranças.

Afinal, qual é mesmo a graça de superar os próprios infortúnios vividos à custa de outra vítima?

A história é verdadeira. O nome da colega é sugestivo. Que seja Suzy.

O voo, procedente de Brasília, teria pernoite em Porto Alegre. Era inverno e seria a primeira hospedagem naquela cidade, a trabalho.

Naquele ano, o frio não dava folga no sul do país. O dia de que tratamos aqui servia de exemplo, como se observaria já na abertura da porta do avião. A visão era similar à abertura da porta de uma aeronave recém pousada em solo escandinavo, na manhã encoberta pela neblina. Como se dizia lá no sul, o frio era de congelar os bigodes da gauchada.

Durante o trajeto para o hotel, a tripulação (que já combinara a conversa com antecedência) fez questão de marcar o encontro do grupo todo na recepção do hotel, o que se realizaria uma hora depois da chegada na recepção. É importante mencionar que esse, digamos, ritual de combinar atividades entre colegas é comum quando o voo tem pernoite. Aqueles tripulantes que – fortuitamente — ainda reservaram alguma disposição para um banho de piscina, de mar, um jogo de *volley* ou um simples bate-papo costumavam se reunir para relaxar da tensão do voo ou para descarregar a energia estática na areia do mar, se este estivesse por perto.

Trata-se enfim de recomendação médica, além de um grande prazer.

Nesse caso específico, a estranheza ficou evidente na expressão no rosto da comissária novata que, curiosa, acompanhava a conversa tremendo de frio. Foi quando alguém disparou, sem demonstrar qualquer interesse especial:

— Você não vai nos acompanhar à piscina, Suzy?

Ela, ainda se sentindo deslocada no grupo, externou sua surpresa pelo fato de os colegas estarem falando em piscina com aquele frio gélido cortando o ar no momento. Os colegas esclareceram que se tratava de uma piscina coberta, aquecida, que se localizava no último andar do hotel.

Completaram o convite lembrando que:

— Lá de cima, há uma vista digna de cartão postal para o Rio Guaíba!...

Assim tranquilizada, Suzy foi então instruída a se vestir para a piscina e descer para a recepção, onde deveria aguardar os demais colegas. Na hora combinada, Suzy desceu, se acomodou em uma poltrona do *lounge* do hotel, pegou uma revista e lá ficou. Pessoas entraram no hotel, pessoas fizeram *check-out*, outros deixaram chaves com os recepcionistas, outros pegaram chaves ou fizeram perguntas que foram respondidas.

Suzy esperou, esperou e – de repente – não aguentava mais esperar.

No início, ela não se dera conta de nada a não ser a intrigante demora dos colegas. Nenhum conhecido saía do elevador e andava em sua direção. E então ela começou a notar algo estranho no jeito com que olhavam para ela. Havia uma espécie de interrogação neles...

Da suspeita até a certeza de que alguma coisa deveria estar errada, não levou muito mais tempo. Até aí, a impressão já era a de que os olhares eram incrédulos e que ela, Suzy, deveria estar parecendo algo ainda não identificado, recém caído acidentalmente ali. O que ela ainda não entendera era o porquê.

O que fazia dela um ser estranho, merecedor de tantos olhares disfarçados?

Olhando melhor em volta, ela percebeu que a única distinção, assim visível, era a sua indumentária que destoava da dos demais, já que trajava biquíni, roupão, tamancos e toalha, enquanto à sua volta todos vestiam pesados casacos, gorros, ponches enormes e luvas.

Suzy só se deu conta da situação por que passava depois de um bom tempo ali. Em determinado momento, intrigada pela demora, foi até a recepção a fim de esclarecer se havia se enganado sobre a localização da piscina aquecida. Foi, então, informada de que não havia piscina aquecida, nem ali e (na época) em nenhum hotel em Porto Alegre. Ela percebeu a estranheza estampada no rosto do atendente.

Elevador. Elevador. Era só o que visualizava naquele instante. O trajeto até o seu apartamento, no 7.º andar, durou uma eternidade e a sensação era a pior possível depois daquela revelação. Devia ter acionado o botão de descida (que não havia) e descido, descido, descido, cavado o buraco mais fundo, onde pudesse se enfiar e de onde pudesse sair no dia seguinte direto e sem escala em linha reta até o aeroporto de origem daquela jornada.

No desembarque, já no 7.º andar, ainda vestida com saída de banho e sandálias, deu de frente com toda a tripulação que a esperava com um brinde especial de saudações pelo rito de passagem cumprido!

São Paulo, o avesso do avesso do avesso do avesso

Nos primeiros meses, nos primeiros anos em São Paulo, minha relação com a cidade foi de uma quase invisibilidade recíproca. Hoje, analisando melhor os fatos, corrijo para quase uma indiferença satisfeita. Nada me afetava ou me atingia diretamente. Nada afetava ou influenciava minhas idas e vindas, embora muito pouco acrescentasse de especial à minha experiência existencial.

Minha visão da cidade se limitava ao perímetro de minha circulação profissional, a região do aeroporto, na época Congonhas, com raras ultrapassagens fora da linha de segurança para umas poucas idas a shoppings, teatro, o Masp, cinema ou algum show especial.

Essa perspectiva se alterou num dia qualquer, durante um voo bate e volta para a minha terra natal. Já no solo, em Porto Alegre, enquanto aguardava os passageiros que lá embarcariam, tive um momento definidor de minha relação com a capital paulista. Uma epifania na minha vida. No momento do embarque, lembro que estava na porta traseira do B-727 auxiliando os passageiros a acomodar as suas bagagens de mão, quando fui interpelada por um passageiro que estava acompanhado de outros três executivos:

— Vocês estão vindo de São Paulo?

Respondi que sim, ao que ele acrescentou:

— Como está o tempo por lá?

Pensei um instante antes de responder que estava chovendo um pouco.

Os outros três desataram a rir. Aquilo me pegou de surpresa. Penso que eles haviam apostado qualquer coisa nessa resposta e haviam acertado. O passageiro, que havia perguntado, demonstrando um certo descontentamento, fez então um comentário – que era coerente dentro da lógica dele, mas que para mim fez toda a diferença:

— Pergunta desnecessária essa minha... Naquela terra de sapo, só chove...

E foi naquele momento que descobri a força de meu sentimento de gratidão (e amor) por aquela cidade que me acolhera e para onde ainda não havia voltado a minha atenção plena.

Minha reação veio súbita, na verdade, irrompeu de dentro de mim com a força dos grandes afetos nunca antes percebidos.

Ao invés de calar, já que São Paulo nem era a minha cidade, eu declarei em alto e bom tom o meu amor por aquela cidade, tão injustiçada; de certa forma, a Geni de quem vêm se servir e depois sair falando mal sem a conhecer de verdade ou minimamente. Ouso até dizer, usando uma linguagem mais dura, virando o cocho de quem o serviu.

— São Paulo não é isso. São Paulo é única. É uma cidade cosmopolita. Lá há um coração febril, enorme e pulsante, onde cabem todos que ali buscam realizar os seus sonhos ou novas oportunidades.

E prossegui, sem ser interrompida, diante dos olhares de quatro passageiros atentos ao meu discurso inflamado e afetuoso:

— Todos os problemas que ela tem decorrem dos excessos de seu coração grande: há, sim, poluição, falta de estrutura adequada, desemprego, desamor de seus habitantes para com ela, abusos.

E concluí:

— São Paulo é como uma grande mãe-terra que abraça a todos, mesmo quando em seu abraço há o desconforto de sermos tantos e tão ingratos.

Pegos de surpresa pela minha fala impetuosa, os estupefatos passageiros silenciaram por um momento, enquanto eu tomava consciência do tamanho do sentimento que eu nutria por aquela cidade, mesmo antes de saber que seria para sempre.

Era um momento de epifania para mim.

Eu não era mais uma estrangeira naquele chão. Ela enfim era parte de mim, de meu afeto, e a ela eu estaria ligada durante os anos seguintes em que lá vivi, e, depois, à distância pelo resto de minha vida. Então entendi, sentindo na alma cada palavra que emitira, todas as notas da canção de Caetano, o que Narciso busca e custa a reconhecer ali, a identidade própria que ela tem, "que não vem de um sonho feliz de cidade", mas de sua realidade abrangente, o ontem, o amanhã de quem a vive.

E fiquei pensando com os meus botões: assim é o amor, algo que nos toma, consome de mansinho e passa a fazer parte de nossa vida, sem nos darmos conta de sua força, às vezes. De repente, não mais que de repente, como diz o poeta, algum fato inusitado coloca essa relação, até então despercebida, em xeque. É em momentos assim que, ameaçados de perda, partimos em sua defesa, doce ou furiosamente.

Assim é São Paulo em minha vida, com todo o bem e o mal que possa nela existir. São Paulo, a cidade que me cativou e que me tem.

Durante o voo, em meio a sorrisos, nos desculpamos mutuamente, eu principalmente, pelo ímpeto de meu discurso.

Lembro que cantarolei:

— E foi um difícil começo, apago o que não conheço e que vem de outro sonho feliz de cidade, aprendo depressa a chamar-te realidade...

E completei:

— Porque és o avesso, do avesso, do avesso do avesso...

#

Na chegada a Congonhas, fomos recebidos por uma chuvinha fina e familiar, quase um afago.

Estava em casa.

Uma história do garimpo

— Tem uma mulher nua, lá atrás!

Não se escuta uma frase como essa a toda hora, especialmente a 33 mil pés de altura, o que equivale a aproximadamente dez quilômetros do chão. A primeira reação que tive foi achar que havia entendido mal. Coisas do sono, pensei, já que deveria ser algo em torno de 4h da manhã. O procedimento de descida da aeronave provavelmente estaria sendo iniciado a qualquer momento. A rota? Belém-Guarulhos. Fora isso, tudo o mais estava na mais perfeita paz. A maioria dos passageiros dormia, apenas alguns liam ou conversavam baixinho. O céu estava escuro ainda, mas limpo, e prometia um dia dos bons pela frente. Para voar, um céu de primeira grandeza.

Meu colega, que assistira à cena e viera comunicá-la à equipe, percebeu a incredulidade certamente estampada na minha expressão e na evidente falta de ação imediata. Passou então a relatar os fatos com todos os "esses" e "erres".

Uma passageira, que se levantara de sua poltrona normalmente e fora até o toilette traseiro, havia saído do local sem roupa, exceto as peças íntimas, e se negava a vestir qualquer coisa... Assim contada, a história parece engraçada, se não, pior. Mas não é.

Guardo dela os momentos de maior singeleza percebidos por meus sentidos, até então.

\#

A primeira providência foi, naturalmente, verificar de perto a situação. Enquanto andava em direção à área traseira do avião, vasculhei os arquivos da memória recente e me lembrei do casal no momento do embarque. De imediato, veio à mente um detalhe: que a passageira embarcara tendo o braço do companheiro em atitude de proteção sobre os seus ombros. No que se referisse à descrição física, nada dela se destacava. Era de altura mediana, de cabelos e olhos castanhos. Por que ela ainda sobrevive na memória, decorridos tantos anos?

Tínhamos a bordo em torno de cem passageiros. O homem havia entrado na aeronave tendo o braço sobre os ombros dela, numa atitude de proteção, e foi esse detalhe que ficou retido. Eles haviam se acomodado junto à *galley*, em assentos próximos à tripulação.

Chegando junto ao toilette, observei que a passageira, até então sem nome na minha história, apresentava o comportamento típico de quem está em meio a uma crise nervosa, extremamente agitada, e não fixava os olhos em nada. Mexia muito com os braços, que mantinha em volta do corpo, em uma espécie de "autoabraço", se protegendo de algo que não víamos, e repetia incessantemente a mesma frase: "Não toquem em mim!".

Tentamos localizar um médico entre os passageiros, mas não tivemos sorte. Fui, então, à cabine de comando

HISTÓRIAS LÁ DE CIMA

para dar ciência do que acontecia. No caminho, encontrei o acompanhante da tal passageira, que, estranhando sua demora, ia na direção do toilette à sua procura. Levei-o até a companheira, que, naquele momento, estava sendo atendida por uma colega da tripulação, na porta do toilette.

Nesse momento, o passageiro pediu apenas alguma coisa (cobertor, casaco ou algo do tipo), mas que tivesse a cor verde. De imediato, não entendemos o pedido, mas, por sorte, naqueles anos, o uniforme de bordo era cinza e verde e os cobertores eram verdes com detalhes do arco-íris. Trouxemos o cobertor, que ele usou para cobri-la carinhosamente.

Ao comunicar o que estava acontecendo ao comandante, houve muita surpresa pelo inusitado e alguma gracinha. Passado, porém, o primeiro momento, e dando ao caso a seriedade que merecia, o capitão tratou de solicitar ao aeroporto de destino – via fonia — o atendimento médico adequado para a chegada em São Paulo. Em seguida, passamos a avaliar a melhor conduta para aquela situação a fim de garantir a privacidade possível à passageira, bem como a segurança necessária no procedimento de pouso, logo a seguir.

Antes de recontar a história de nossa passageira ouvida de seu companheiro, cabe aqui um parêntese. Refere-se ao nome que escolhi para ambos. Uso aqui o verbo "escolher" _não_ para protegê-los, porque – embora não pareça – esta é uma história de ternura e, caso recordasse, gostaria de homenageá-los com os seus nomes reais. Porém, como nossa memória às vezes nos trai, deixando-nos os fatos, mas apagando outras informações, estão aqui presentes Elisa e Dirceu, brasileiros, nascidos no Nordeste, que escolheram São Paulo para viver, e mais tarde o garimpo para sobreviver.

A voz de Dirceu, tentando acalmá-la, era experiente e amorosa e sentimos que Elisa estava tendo o melhor atendimento possível naquele momento. Não erramos. Ela foi se acalmando aos poucos. Os movimentos inquietos foram cedendo lugar a um relaxamento que ia transparecendo por todo o corpo da passageira, mas principalmente em seus olhos. Recostou-se em Dirceu e assim permaneceu em atitude de completo abandono.

Só então Dirceu nos contou a história por trás do ocorrido, ali mesmo, sentado com a esposa no assento da tripulação, junto à porta traseira do avião.

Eles haviam deixado São Paulo, entusiasmados com o convite de um amigo, em busca de melhores condições materiais e, com sorte, quem sabe o enriquecimento com o garimpo. Até aí, nada de novo. Quantos brasileiros já não tentaram algo assim, na busca por uma vida melhor. Chegando ao destino, logo nos primeiros tempos, foram percebendo gradativamente a situação em que se encontravam. A violência era constante e incontrolável. O cenário era de miséria, bebida, fome e exploração dos mais fracos pelos mais fortes. E frequentemente, desaparecimentos e morte.

Foi nesse cenário de disputa de poder entre grupos rivais e de abusos de toda ordem, em um ponto qualquer de um rio dentro da selva amazônica, que houve uma dissidência e em torno de 20 garimpeiros – entre eles nossos protagonistas – decidiram fugir e se esconder na mata. Em uma noite que julgaram menos ameaçadora, abandonaram o local, se afastando o máximo que conseguiram. Ficaram juntos e decidiram se unir a outro grupo, no que seria uma nova tentativa de dar certo no garimpo, num ponto bem longe daquele. E foram andando.

Talvez, por algum desígnio superior, ou simplesmente numa crise de sonambulismo, algumas noites depois da fuga do antigo local, Elisa acordou, levantou e saiu andando. Quando o dia amanheceu, não havia mais Elisa no grupo. Procuraram, desesperaram, e mesmo assim continuaram perdidos e procurando Elisa. Nenhum dia deixaram de procurar por Elisa, mas só a acharam três meses depois. Foi por indicação de um homem em um pequeno comércio de mantimentos e bebida na beira de um rio que souberam que havia rumores de que uma mulher vagava sozinha pelos matos na região. Intensificaram as buscas na beira daquele rio e finalmente viram Elisa. Ela estava delirando, fora de si, não dizendo coisa com coisa.

Sua primeira frase havia sido "Não toquem em mim!".

Daí em diante, havia sido um pesadelo para Dirceu e Elisa. Um ano e meio se passara entre o momento do encontro e a viagem em nosso avião. O diagnóstico inicial, obtido na cidade mais próxima, foi confirmado em Belém. Ela tivera um choque psicológico grave quando se viu perdida. A chance de recuperação existia, mas seria lenta e progressiva. Ou seja, o espaço entre uma crise e outra tendia a ser gradativamente mais prolongado, até que a mente "esquecesse" o trauma. As crises estavam realmente se espaçando, e surgiam, naquela época, mais frequentemente quando algum fato novo a deixava insegura, como – talvez – aquela viagem. Quando essas crises ocorriam, ela se despia e só queria vestir roupa se fosse da cor verde.

É possível que isso a remetesse de volta ao cenário assustador que viveu naquele período em que ficou perdida na selva, exposta a todo tipo de situações-limite e medo. A viagem para São Paulo fora recomendada para que Elisa fizesse um tratamento intensivo em uma clínica, cuja localização ficava na cidade de Marília, no interior de São Paulo.

Posso ter esquecido seus nomes, mas acho que jamais sairá de minha memória a imagem daquele homem, transfigurado de ternura e esperança, segurando a mão daquela mulher nua, trêmula, cabelos desfeitos, exposta em sua fragilidade, e ele balbuciando:

— Ela vai ficar boa...

Talvez a história de Elisa e Dirceu nem seja assim tão inusitada, vista aos olhos do dia a dia, em que por muito menos maridos deixam suas mulheres e vice-versa. Para mim, entretanto, aquela cena de companheirismo "na saúde e na doença" sinalizava o afeto primordial entre dois seres. Quantos de nós teriam temido o vexame em situação parecida? Dirceu em nenhum instante esteve preocupado se o fato era constrangedor para si. Sua única preocupação foi com a saúde da companheira. Tanto melhor para quem entendeu! Quantos príncipes da vida, entre nós, teriam tido essa como a sua primeira preocupação? Lembrei os versos de Fernando Pessoa, em "Poema em Linha Reta", que dizem: "Posso ter sido traído, mas ridículo nunca".

Tratamos de envolvê-la no cobertor verde da melhor forma possível. Dirceu a protegeu durante o impacto do

HISTÓRIAS LÁ DE CIMA

pouso, ali mesmo, dentro do toilette. Os demais passageiros não chegaram a perceber qualquer movimentação estranha à rotina de um voo qualquer.

\#

No palco da memória, a última cena retida é daqueles dois passageiros descendo a escada traseira do B-727, quando Elisa – envolvida em um cobertor verde, contendo as cores do arco-íris da Transbrasil da época – se amparava docemente em Dirceu até a entrada na ambulância.

\#

Nunca mais soube deles, mas sempre que escuto algo sobre a cidade de Marília (São Paulo) minhas lembranças retornam àqueles passageiros e torço para que o desejo de Dirceu tenha se realizado e que sua parceira esteja bem e seguindo em frente. Não sei se desistiram de buscar, no garimpo, a receita da felicidade. Acredito, porém, que aquele casal deve ter descoberto, na saúde devolvida a Elisa e no amor, que certamente foi decisivo, que a vida é tanto mais rica quanto mais simples.

Agradeço àqueles dois a experiência vivida, mesmo que eles nunca venham a ler estas linhas. Encontrei neles algo como uma joia rara, mesmo sem ter ido ao garimpo. E não me parece que haja grandes segredos. Podemos achá-la em meio à selva, em meio às crises, e bem ali, nas pessoas ao nosso lado, ou na poltrona em frente.

O banal e o inimaginável ocupam o mesmo assento

A noite, mesmo quando está envolvida em um manto de aparente calma, costuma servir de cenário para muitas histórias estranhas, sobrenaturais, românticas, dramáticas. Comum a todas o registro – muitas vezes inesquecível — na mente de quem vive a experiência. Hoje, revisando minhas vivências, por coincidência ou não, a quase absoluta maioria tem a noite como pano de fundo.

A história a seguir não escapa à regra e aconteceu em um voo Manaus-Guarulhos.

A viagem estava quase se aproximando do destino final. Calculo que estávamos a uns 30 minutos de iniciar a aproximação para o pouso. A maioria dos passageiros estava dormindo naquele horário, enquanto alguns permaneciam acordados, liam ou apenas curtiam o momento de silêncio lá em cima.

Lá fora, tudo calmo. Noite estrelada. Nenhuma turbulência. Nem a procura por discos voadores, naquele céu-de-brigadeiro, despertava a atenção a bordo. É preciso que se diga que, naqueles dias, o assunto era recorrente, e em voos noturnos era bem comum alguém a bordo contar à tripulação que acabara de ver alguma evidência do fenômeno.

Era esse o clima a bordo, quando a luz indicativa de chamada de passageiro acendeu, acima da primeira fileira de poltronas da cabine executiva, que é a segunda cabine do B-767. O voo estava lotado, havendo, portanto, um total de 210 almas na aeronave. A comissária próxima ao passageiro atendeu a chamada. O passageiro parecia bastante aflito e falava baixo, muito baixo. A colega pediu que repetisse o que se passava, já que não escutara e, quando ouviu claramente, não acreditou. Seus ouvidos poderiam tê-la traído.

Mas não!... Ela não havia se enganado! Ele realmente estava comunicando que a cobra coral que ele transportava clandestinamente em uma sacola acomodada no chão, bem na sua frente, havia fugido. Diante da surpresa da colega, ele tentara se justificar, dizendo que sua malfada intenção era levar a fujona para o Instituto Butantã, o que pareceu suspeito.

Segundo o passageiro, visivelmente assustado, ela estava "bem guardada em uma caixa de sapato com pequenos furos e com a tampa da caixa fechada com durex", dentro da tal sacola. Na verdade, a personagem clandestina fugira em algum momento e o passageiro não tinha a menor ideia do tempo transcorrido desde a fuga até ele tomar conhecimento do fato. Certamente, ele dormira antes que ela resolvesse fazer o perigoso passeio de reconhecimento da aeronave.

A comissária, que relutara entre sair dali de imediato e continuar no estado catatônico em que se encontrava, deixou que o instinto profissional prevalecesse e convocou a equipe, numa espécie de assembleia geral extraordinária, para lidar com aquela situação assustadora e sem opção de escape.

HISTÓRIAS LÁ DE CIMA

Fatos envolvendo animais não são incomuns a bordo, principalmente na rota que cruza a Região Norte, e, para reforçar essa afirmação, mais à frente, haverá alguns outros episódios do gênero. Acontece que desta vez o imaginário fervilhou e a coisa complicou de verdade para a tripulação.

Caso você, leitor, esteja se perguntando enquanto lê, como é possível que um passageiro tenha embarcado com uma cobra a bordo, sem que ninguém percebesse, principalmente procedente de Manaus, onde existe uma fiscalização vigilante de olho nos produtos importados e nos animais silvícolas traficados para fora da região, minha resposta seria muito simples.

Nesse caso específico, não sei como aconteceu. Só sei que ele realizou esse feito sem conhecimento das autoridades sobre o conteúdo daquela sacola e sem qualquer documento legal. Um animal assim só poderia ter viajado em compartimento adequado, no porão, e com a documentação exigida fornecida pelos órgãos governamentais pertinentes. O passageiro infrator se limitou a informar que a trouxera da forma que julgou segura... Na prática, ele arriscou e embarcou sem ter sido vistoriado pelas autoridades antes do embarque. A bordo, o problema era localizar, ou ao menos imaginar, onde estaria a serpente.

Você já se imaginou acordando a bordo e, ao fazê-lo, defrontar-se com algo dessa natureza ao seu lado, no seu colo, ou junto ao seu pescoço? Imagine, então, saber que está "por ali" e que qualquer gesto inadvertido seu pode despertar o instinto de defesa do animal, fazendo-o atacar! Na verdade, é uma experiência inimaginável encontrar-se num espaço tão restrito e sem rota de fuga com uma cobra venenosa, que é minúscula, nas suas imediações. Essa era a sensação ao tentar achar um plano para lidar com a situação.

A tripulação temia pelo pior. Como, porém, era imperioso que se partisse para a ação, alguns elementos foram considerados pelos tripulantes em conjunto. Sabe-se, por exemplo, que cobras gostam de lugares quentes e o avião estava com o ar condicionado em temperatura mais quente do que fria para que os passageiros se sentissem mais confortáveis ao dormir. E foi isso, talvez, que tenha deixado a venenosa mais à vontade para sair daquela caixa e sacola. Optou-se, então, por manter o avião o mais frio possível, para que ela ficasse onde estivesse, se encolhendo, se enroscando em si mesma. Isso, claro, na hipótese otimista. Ninguém ali ousou presumir uma hipótese pessimista...

Fazer mais o quê? Porque não se cogitava anunciar:

— Senhoras e senhores, há uma cobra pequena, mas extremamente venenosa. Na verdade, é uma cobra coral, em algum lugar deste avião. Não sabemos exatamente onde ela está. Por isso, por favor, mantenham a calma para evitar que se irrite.

Optou-se pelo consenso de que a movimentação a bordo deveria ser reduzida ao mínimo, na verdade, quase zero.

Depois, foi a vez de pedir a ajuda d'Aquele que está acima de nós para livrar a todos daquela situação complicada. O comandante do voo, seu representante momentâneo a bordo, prometeu e cumpriu o prometido: faria o procedimento de descida e o pouso da forma mais suave possível, de maneira a diminuir o número de passageiros acordados no pouso, e reduzindo os gestos bruscos que pudessem assustar Esmeralda, já batizada por nós, mesmo desaparecida.

Dar nome à nossa personagem escorregadia foi estratégico para evitarmos o uso da palavra genérica cobra ou serpente a fim de evitar mais problemas, naquele momento. Os cintos de segurança foram colocados pela tripulação diretamente em quem dormia, já que optamos for suprimir a mensagem de início e final da descida (*speech*). As cortinas das janelas do avião foram mantidas fechadas, pois àquela hora Aurora, a deusa de braços cor de rosa, já se prenunciava por sobre as nuvens, acordando os pássaros madrugadores a bordo.

Minha avó Ína costumava dizer aos netos quando estavam assustados com algo que "o diabo não é tão feio quanto parece à distância, e quando o olhamos bem de perto talvez seja até ajeitadinho". Dizia isso sempre sorrindo, desejando encorajar os netos para não se ocuparem com algo antes da hora "h". Ela achava que a imaginação leva as pessoas a previsões quase sempre pessimistas. Naquele momento, desejei que minha sábia avó estivesse certa.

Os momentos que antecederam a chegada do voo até a localização do animal foram críticos, especialmente nos segundos após o impacto no chão, quando usualmente há movimentos mais bruscos da aeronave e dos passageiros em seus assentos.

Repassando esses momentos de agonia, bem mais tarde – e bem mais calma — minha colega se lembrou de suas antigas aulas ao dizer que a noção de tempo é elástica e varia de acordo com a intensidade ou as necessidades que temos em um determinado momento, e que nunca teve a certeza tão eloquente de um velho dito popular que diz que "o tempo voa para quem é feliz, mas arrasta-se para quem padece".

Após o pouso, a aeronave foi orientada a estacionar em área remota[5] do aeroporto. O desembarque foi tão tranquilo para os passageiros quanto carregado de ansiedade para a tripulação, que temia a movimentação de retirada de bagagens do compartimento acima das poltronas, sempre multiplicada quando embarcadas em Manaus. Cada "*até logo*" foi acompanhado por um suspiro de alívio dos comissários à porta, até que o último passageiro estivesse fora da aeronave.

Houve muitos elogios pelo pouso suave. Finalizado o desembarque dos passageiros, a tripulação pegou os seus pertences e desceu rapidamente as escadas, enquanto um esquadrão de funcionários da manutenção e bombeiros, equipados de EPIs (capas, botas, máscaras e luvas apropriadas), saiu em busca da Esmeralda, antes que se perdesse na cidade grande que a todos acolhe.

Esmeralda foi encontrada logo em seguida, enroscada, aconchegada em uma poltrona central, de uma fileira de três poltronas na cabine executiva, entre a estrutura de aço e o assento flutuante. Bem longe de seu dono, ela parecia confortável enquanto dormia, encolhida, certamente aquecida pelo calor do corpo do passageiro que ali se sentara.

Que percurso terá feito Esmeralda até chegar ali? Como não foi percebida? Por cima dos pés de quantas

---

[5] Área afastada do terminal de passageiros e não servida por pontes de embarques.

HISTÓRIAS LÁ DE CIMA

pessoas ela deslizou sem ser percebida? Vendo-a ali, tão indefesa, seu *status* mudou. Ali, diante dos pares de olhos que a observavam, ela passou de agressora a vítima e seu transportador convocado a prestar esclarecimentos às autoridades competentes do aeroporto.

O episódio teve um final feliz, exceto para o infrator. Mesmo assim, às vezes, ainda me pergunto quem terá sido o passageiro (ou passageira) que aqueceu Esmeralda. Pense bem... Você, aí, leitor, consulte a sua agenda. Tem certeza de que não viajou nesse dia? E se tivesse estado nele, acreditaria que aqueceu Esmeralda enquanto ela dormia?

Em verdade, nesta história incomum incide um outro pensamento, que envolve o próprio risco de viver, a que estamos expostos em tempo integral, até dormindo, como é o caso aqui. Quantos perigos devem passar perto de nós ao longo de nossas vidas, numa simples ida a um shopping, dormindo em casa ou em um hotel, ou até mesmo fazendo um lanche numa lanchonete famosa, naquela cidade de primeiro mundo ou chegando no trabalho às 8h45 de um dia qualquer, um 11 de setembro, por exemplo?

Na maioria das vezes, sequer tomamos conhecimento que tais momentos existiram ou de quantas vezes estivemos na linha divisória entre o banal e o inimaginável. Felizmente, o outro extremo também é verdade. Os momentos de felicidade inesperados também podem estar passando assim, não percebidos.

Viver é mesmo um risco!

O barulho no porão

Nada de noite neste caso! Era por volta das três horas da tarde de um dia ensolarado. Tínhamos ido até Foz do Iguaçu levar um grupo de aproximadamente 115 passageiros recém chegados do Japão para conhecer as maravilhas daquela região. Os turistas japoneses amam aquela destinação turística. Estávamos retornando a São Paulo, depois de um pouso em Curitiba. Logo depois que o avião estabilizou, a tripulação dirigiu-se até a *galley* e iniciou a montagem e abastecimento do *trolley*, que é o carrinho com as bebidas para o serviço de bordo. Entre essas bebidas, constavam *whisky*, cerveja, refrigerantes, suco de laranja e coquetéis diversos. Naquela época, era assim. As empresas disputavam e fidelizavam os seus passageiros pela qualidade, variedade e requinte do serviço de bordo, e para isso sempre havia mais: taças de cristal, serviço de sorvete, caipirinha, *consumée*, culinária de primeira. Em decorrência do pouco tempo a bordo, o tempo de serviço era sempre muito limitado, considerando os minutos reservados à decolagem, ao pouso e, frequentemente, alguma suspensão momentânea no serviço em andamento devido à turbulência. O tempo restante, então, necessita ser redistribuído para a boa conclusão do serviço. Era o caso desse trecho, que não ultrapassava 30 minutos de calço-a-calço, quando as condições meteorológicas são favoráveis.

De repente, durante a preparação do serviço logo após o avião ter estabilizado em velocidade de cruzeiro e o aviso de "afivelar cintos" ter sido desligado, começamos a ouvir batidas descompassadas e, digamos, urgentes no chão, logo abaixo de nossos pés. As batidas eram intercaladas, mas perfeitamente audíveis... (toc-toc-toc... too-c-tooooc). Voávamos, naquele momento, em um B-727. Apuramos o ouvido e ninguém mais teve dúvida de que havia algo fora da rotina lá embaixo. É importante mencionar que um dos porões da aeronave ficava logo abaixo da tal *galley,* sendo esse compartimento pressurizado, o que possibilitava o transporte de carga viva, como plantas, animais ou outros despachos.

Pensamos na hipótese remota, mas talvez possível, de que um funcionário de carga de Curitiba pudesse ter ficado preso no porão acidentalmente, o que jamais se ouviu falar. Quem sabe não tínhamos ouvido nada antes em função de estarmos ocupados em outras tarefas iniciais fora da *galley.* Fui até a cabine e avisei ao comandante sobre o estranho ruído. Este, por sua vez, solicitou ao copiloto que fosse imediatamente checar a informação "*in loco*", isto é, o ponto no piso de onde partia o som.

Nos primeiros momentos de espera, nada do barulho. É sempre assim!... Parecia aquela situação bem conhecida da mãe cheia de angústia que leva o filho que passou a noite tossindo e, diante do médico, o paciente não emite um único som suspeito. Ou, então, aquele carro que levamos ao mecânico e não repete, uma única vez, o barulho perturbador que fez durante um dia inteiro.

O copiloto tomou um cafezinho e já estava para retornar ao seu posto quando as batidas retornaram ainda mais fortes. Testemunhado o fato, a tripulação fez contato com Curitiba perguntando sobre a possibilidade de terem perce-

HISTÓRIAS LÁ DE CIMA

bido a ausência de algum funcionário que tivesse atendido nosso avião, principalmente no carregamento de bagagens. A suspeita foi descartada. Foi solicitado, então, que informassem exatamente a composição da carga misteriosa do porão.

Fomos informados, então, que estávamos transportando ali, abaixo de nós, um gorila de um circo e que o passageiro no porão tinha Recife como destino. De acordo com os funcionários de terra fomos "tranquilizados" quanto às atitudes do passageiro nervoso, com a informação de que estava "bem protegido", de acordo com as normas vigentes. Aparentemente não havia nada a temer, apesar de não termos descartado, de todo, o temor de que a fera pudesse ter se soltado durante a breve turbulência enfrentada logo após a decolagem. Desnecessário mencionar que, em nossa imaginação, o som desconhecido crescera rapidamente para o de um King-Kong assustado e amarrado antes da clássica fuga em New York, durante a apresentação para os cientistas da época.

O voo continuou, assim como o barulho, até São Paulo. Lá chegando, descemos logo atrás dos passageiros para conhecer o perturbador da ordem. Após os cuidados necessários na abertura, vimos o gorila, que era – o que é de se esperar — mais largo do que alto e se achava bem trancafiado na jaula, como havia sido prenunciado. O que não prevíamos absolutamente era o forte cheiro de whisky ou coisa parecida que exalava. Ele estava alcoolizado!

A compreensão do que estivera acontecendo veio lenta e, num primeiro momento, confesso, até rimos. Ele sentiu o cheiro da bebida acima dele sendo preparada e servida e, provavelmente, queria mais! Por isso, batia enfurecido no chão do porão.

A verdade estava ali naquele cheiro. É sabido que o álcool lá em cima, sob outra pressão, tem o seu efeito multiplicado várias vezes e que, ao descer do avião, o consumo de uma dose consumida a bordo equivale a três doses ingeridas no nível do solo e o passageiro sofrerá esse efeito, tão logo volte à pressão atmosférica normal. O animal não estava bem, parecendo zonzo e enraivecido. Nosso pessoal de terra resolveu desembarcá-lo para uma avaliação mais a fundo, por parte de um especialista e do órgão regulador.

A conclusão reinante era a de que, ao invés, de terem lhe administrado algum sedativo para enfrentar a dura e longa viagem, o que seria o atendimento correto e que deveria ter sido feito por um veterinário, o animal fora neutralizado de maneira totalmente prejudicial a ele. O efeito, dessa forma, fora o inverso do esperado por quem o embriagou. Faltou humanidade. Ele, certamente, não pediu para estar ali, servindo aos interesses de nossos iguais, dando alegria às crianças e dinheiro aos seus donos.

O voo prosseguiu, agora sem o som perturbador daquele ser primitivo sob os nossos pés, totalmente deslocado de seu habitat natural.

E isso deixou um quê no ar sobre a nossa natureza de *sapiens*... Há quem divulgue que a raça humana está no topo da cadeia animal, porque pode exercer suas escolhas e mudar seu próprio destino.

Mas será que somos isso? Afinal, quem deveria ocupar o lugar naquele porão?

O macaco estava certo em protestar: o *homo sapiens* precisa evoluir!

A história da menina Isis na Copa de 78

1978. Só por necessidade de enfatizar certo aspecto da narração, vou iniciar a história de Isis situando-a no tempo. Naqueles dias, eu estava para completar um ano de São Paulo. Morava com duas amigas: Tina, uma alagoana que não trabalhava na aviação, e Karina, também gaúcha, que voava na Vasp. Morávamos em Congonhas, próximo ao aeroporto.

Parecia um dia como outro qualquer, mas não era.

Cheguei em casa em torno de 17h e encontrei a amiga da Vasp em companhia de duas estranhas no sofá de nossa sala. Aqui, cumpro a boa etiqueta que as apresente: uma delas era uma menina que aparentava sete ou oito anos, a outra, fui informada em seguida, era a mãe da menina. A mãe, Dirce; a filha, Isis. Isis tinha 11 anos. Ambas eram magrinhas, baixinhas e vinham do Pará. A menina tinha a cabeça reclinada em uma almofada, no sofá, e estava bastante ofegante. Seu peito arfava visivelmente. Mãe e filha acabavam de chegar a fim de pedir nossa ajuda. Então, Karina e a mãe da menina me inteiraram da situação daquelas vidas das quais passaríamos a fazer parte por algum tempo dali em diante.

A parte da história que eu desconhecia começara naquela mesma manhã, quando Karina tendo chegado de um voo noturno, procedente de Belém, deixara com Dirce, que viera no voo, o número de seu telefone fixo e endereço para o caso de precisar de algo, enquanto sua filha estivesse hospitalizada em São Paulo, como estava previsto. No avião, haviam conversado, mais por interesse de minha amiga que percebeu o desconforto físico da menina a bordo e mesmo diante da timidez de ambas. Então, soube que Isis sofria de uma cardiopatia e estava vindo para uma troca de válvula do coração em um hospital de São Paulo, que omito aqui por zelo, tendo sido encaminhada originalmente pelo Inps/Inamps de Belém.

Ela era portadora do Mal de Chagas e a sua cardiopatia era muito grave, necessitando de uma troca de válvula. Essa doença tem origem pelo contato com as fezes do inseto barbeiro, muito presentes nos revestimentos de argila e palha das habitações da região norte. Em muitos casos, a evolução da patologia leva ao inchaço do coração, especialmente o miocárdio. O nome popular da patologia é "coração de boi", mas o nome oficial é cardiomiopatia.

Talvez hoje as coisas tivessem ocorrido de forma diferente. Naquela ocasião, entretanto, a solução inevitável (e já tardia, ao que a mãe dizia) era cirúrgica. A médica que tratava o caso há muitos anos permaneceu em Belém e fora responsável pelo encaminhamento do procedimento em São Paulo. Tudo isso foi contado a Karina durante o voo. Essa seria a única chance de Isis continuar viva, visto que a saúde da menina piorava a cada dia. A mãe ficaria junto da filha no hospital.

Ainda durante o voo, Dirce também contara de sua origem extremamente pobre e que moravam nos fundos da casa do sogro. Essa mãe tinha mais quatro filhos, dos quais duas meninas estavam com a mesma cardiopatia, embora não em estágio tão grave. O pai havia sumido há algum tempo, com a filha de uma vizinha. A filha da vizinha tinha 15 anos quando fugiu. Dirce estava trazendo muito pouco dinheiro, porque não tinha certeza do tempo que ficaria na cidade. O pouco dinheiro que trouxera foi conseguido pela venda do casebre em que morara antes de ir viver na casa do sogro.

Tendo entendido toda a situação ouvida da mãe, ao final do voo, no amanhecer daquele dia, Karina havia desejado boa sorte a elas, se colocado à disposição para qualquer necessidade e dado o número do nosso telefone fixo. Karina queria sinceramente ter notícias e poder ir visitá-las oportunamente no hospital.

Ao chegar, naquela manhã, a São Paulo, as passageiras seguiram seu destino, assim como minha amiga. As paraenses foram para o desembarque e, de lá, buscaram informações de como pegar ônibus para a Av. 9 de Julho, onde deveriam encaminhar a burocracia da internação hospitalar, já na chegada à capital paulista. Ali funcionava a sede do órgão público Inamps/Inps, na época.

Já Karina, depois do voo, tinha ido embora descansar da longa jornada noturna. No caminho para casa, minha amiga ainda buscava uma razão para ter se envolvido tão particularmente com o caso da menina, enquanto se lembrava do compromisso assumido de visitar a pequena enferma no hospital, tão logo recebesse notícias.

Pois foi lá, na enorme fila do atendimento do Inamps, nas primeiras horas da manhã, que as recém-chegadas foram apresentadas de imediato à violência que maltrata pessoas inadvertidas todos os dias nas grandes cidades. Aquela mãe foi brutalmente roubada por um homem que saiu em disparada. Nem mesmo o vigilante contratado de plantão conseguiu alcançá-lo na perseguição, alegando que se fosse correr atrás de cada ladrãozinho que aparecia ali, não faria mais nada ao longo do dia. Certo e errado.

A partir daí, tinha sido um pesadelo. Depois do desespero do primeiro momento e, sem reserva de dinheiro para um ônibus que fosse ou qualquer outra alternativa, ela decidiu procurar a nossa citada amiga da Vasp e, assim, seguira andando e perguntando pela direção a tomar para chegar na região do Aeroporto de Congonhas. Dali, ela deduzia, seria mais fácil procurar pelo endereço de Karina. Assim, alcançou e seguiu pela Avenida 23 de Maio durante toda a manhã e toda a tarde daquele dia na direção do aeroporto. A computar, acredito que tenham percorrido mais de dez quilômetros. Durante o trajeto, ela alternava entre parar para descansar, colocando a menina no chão, e depois a carregava novamente nas costas, já que qualquer esforço da pequena paciente causava extrema canseira e desfalecimento.

No momento de minha chegada em casa, a mãe estava acabando de contar tudo isso. Sensibilizada por toda a trajetória daquelas duas pessoas, eu as abracei em silêncio e chorei internamente. Não poderia ter sido diferente. Oferecemos a nossa ajuda no que fosse possível. E, de imediato, nossa casa ficou à disposição e nos prontificamos a ir com elas verificar o que fazer dali para frente, junto ao hospital e a outros órgãos de saúde, quando necessário. Como não havia alternativa, a partir daí, assumimos financeiramente a situação, o que significava gastos com táxis, alimentação, ônibus etc., mas principalmente com nosso efetivo envolvimento emocional naquela ocasião indesejada para todos, principalmente para uma mãe tão humilde em terra estranha e sua filha doente.

No dia seguinte, Karina foi com ela ver a internação que ficou agendada para o dia seguinte. Como Karina estava com voo marcado, eu mesma as acompanhei. Isis tinha o olhar profundamente triste, quando a deixamos lá. Mais tristeza do que no rosto da menina, somente nos olhos da mãe. Dr. Eduardo, o assistente encarregado do caso, nos informou que a menina ficaria alguns dias fazendo exames preparatórios, pois o caso era muito complicado. Nas visitas que se seguiram, Isis ficava junto a diversas crianças cianóticas e acho que isso a deprimia muito. Lembro que nossas visitas eram às terças e às quintas, apenas.

E era época de Copa do Mundo.

Karina e eu continuávamos alternando as visitas e nessa época quase não sobrava folga para ir a Porto Alegre, visitar minha família. Mesmo assim, eu estava bem. Esse período durou em torno de 20 dias, talvez um mês. Dele, recordo a aflição de Dirce, porque os dias estavam passando e nada do dia da cirurgia ser definido. Ela se angustiava, embora sem falar disso, pela falta das demais crianças, deixadas com o sogro doente. Sabia que o pós-operatório de Isis tendia a demorar e que, por ser complicado, elas não poderiam viajar logo. Quando não podíamos ir ao hospital, Dirce ia visitá-la sozinha, inicialmente de táxi e, depois, quando se familiarizou um pouco mais com o trajeto, de ônibus.

Com os seus 11 anos e aparência de sete ou oito, Isis, a nossa estrelinha de Belém, apesar de sua figura frágil, nos presenteava com uma luz que vinha de dentro, com a força do seu olhar. E isso deixou marcas profundas em nós. Os médicos que trataram de seu caso, e em especial o Dr. Eduardo, disseram que o caso dela fora também agravado pela subnutrição infantil.

Isis olhava para o mundo mais do que falava. Ela era muito boa quando se expressava com os olhos e seus desenhos.

Um dia chegamos lá, recebemos a notícia de que a cirurgia estava marcada para o dia seguinte. Nesse dia, Ísis parecia bem mais falante e alegre do que nas visitas anteriores, enquanto assistia televisão na sala de recreação, cercada de crianças e pais visitantes. Seu habitual silêncio foi rompido por duas vezes, a primeira para pedir que cortassem seu cabelo; a segunda enquanto olhava para a TV, que – naquele momento — apresentava matéria sobre o próximo jogo do Brasil a ser realizado dentro de dois dias: Brasil x Polônia. Ali, ela prenunciou que o Brasil ganharia de 3 x 1. Esse jogo teria uma significativa importância para nosso time àquela altura da Copa, que já se encaminhava para as rodadas finais. Quartas de final, creio. Nos despedimos como habitualmente e levamos na memória a imagem surpreendentemente comunicativa daquele dia de Isis.

A cirurgia aconteceu. A válvula foi implantada. Por alguma razão, talvez pela demora desde a internação até a sua realização, eu não conseguia ter uma boa sensação a respeito. A noite que se seguiu foi uma das piores de minha vida, pois passei praticamente acordada em casa, com tremenda dor de cabeça, pesadelos e enjoo. Por volta das 6h30 da manhã, fui acordada com uma batida na minha janela. Era nossa vizinha. O hospital acabara de telefonar, pedindo a presença da responsável pela menina Isis, com todos os documentos.

Isis havia falecido. Não suportara o pós-operatório.

É incrível como a vida nos encontra, não importa o quanto nos esquivemos de enfrentá-la, em certas situações. Com a concretude da morte, convenhamos, ninguém quer lidar. Mesmo sabendo que somos limitados, que tudo que nasce morre e que temos que estar preparados, ainda assim, a experiência de comunicar a morte de alguém, principalmente a uma mãe, me paralisava naquele momento.

Não imaginei que o destino fosse me pregar essa peça, ali, naquela hora, após uma noite pessimamente dormida. E para completar, Karina estava a milhares de quilômetros e nem poderia ajudar. Tina, a outra amiga, já saíra para o trabalho. Confesso que estava quase em estado de choque pela notícia recebida. Dar a notícia exigiria mais do que me julgava capaz. Minha vizinha, Dona Luiza, que me deu a notícia, era uma senhora idosa e também ficou muito sensibilizada e, por ser cardíaca, nem cogitei em pedir a sua ajuda. Não houve tempo suficiente para considerações adicionais.

Enquanto estava fechando a janela depois de agradecer à minha vizinha, ainda zonza de dor de cabeça, ouvi a voz, ainda sonolenta, de Dirce me questionando sobre o que estava acontecendo. Baixinho, pedi que Deus me ajudasse a ser forte o suficiente, para que pudesse aliviar a dor dessa mãe, um pouquinho que fosse. Ela estava trêmula e ansiosa. Por impulso, resolvi protelar a informação sobre o falecimento da filha, por temer por um colapso da mãe. Tentaria segurar a notícia até a chegada ao hospital.

Respondi, então, que estava assim pela dor de cabeça e que alguém do hospital havia ligado pedindo que fôssemos até lá para levar documentos de Isis. Tomei um comprimido para a dor de cabeça, nos arrumamos e chamei um táxi, enquanto bebíamos um café rapidamente.

Era por volta das 8h30 da manhã. O trânsito na Avenida 23 de Maio seguindo em direção ao centro era sempre caótico àquela hora. Naquele dia, porém, a sensação era de que estava ainda pior. O táxi não avançava, já que as quatro vias estavam praticamente paradas. Nosso nervosismo era crescente. Eu tentava disfarçar, mas ela foi perguntando, cobrando aquilo que seu coração já pressentia. De repente, ela olhou para o meu rosto. No mesmo instante, senti que a ficha estava caindo e vi a expressão de seu rosto ir se transformando até denotar o mais completo desamparo. Então, ela começou a lutar para descer do táxi, forçando a porta em pleno trânsito e fazendo com que o motorista me ajudasse a contê-la com uma das mãos. Ela gritava e dizia que seu coração não a enganava, que sua alma estava dizendo que a sua menina estava morta e que ela não queria prosseguir naquela viagem, pois se negava a ver a sua Isis morta.

HISTÓRIAS LÁ DE CIMA

Compartilhando, mas nem de longe dimensionando a dor daquela mulher, fui obrigada a encarar o momento que tentava desesperadamente adiar, por pura covardia ou simplesmente para não viver a dor de outro ser. Hoje, passados muitos anos, posso avaliar que aqueles momentos, na Avenida 23 de Maio, em São Paulo, capital, estão entre os mais dolorosos de minha vida, até então. E é estranho pensar que o tenha dividido com uma pessoa, o motorista daquele taxi, de quem sequer tenho uma imagem clara na lembrança e que jamais voltei a ver. Juntos tivemos de usar muito esforço físico para mantê-la dentro do veículo e não tenho vergonha de lembrar que no momento de maior desespero, e a pedido do motorista, tive que sacudi-la com força para que reagisse. Foi praticamente em estado de choque que Dirce deu entrada no hospital e foi levada por médicos para receber atendimento.

E, então, outro drama iniciava: o dos contatos para que autorizássemos a retirada da válvula implantada em seu peito, de forma que pudesse ser reimplantada em outra criança. Afinal, não havia 24 horas entre a colocação e o falecimento da menina. Naquele momento, lembro que o pedido pareceu cruel demais, mesmo que a situação que vivíamos ali não fosse a de um familiar direto nosso, mas estávamos ali por razões humanas, de identificação profunda com outras pessoas.

Hoje entendo a dor de um familiar que acabou de perder um filho amado e se vê subitamente tendo que autorizar alguém a abrir o corpinho do seu ente querido para retirar de lá algo no qual você depositou tantas esperanças de cura e vida para alguém, no caso a válvula.

De qualquer maneira, eu não seria a pessoa legalmente adequada para tal autorização. O hospital, enfim, obteve a autorização da mãe, creio.

A outra questão que necessitava de uma decisão urgente era o destino que deveria ser dado ao corpinho da menina, já que o hospital nos informou que o Inps/Inamps não cobriria os custos de transporte para Belém, que não estava previsto nas tratativas do caso, e segundo informado pelos médicos, a mãe se recusava a deixá-la naquela terra estranha, o que era absolutamente compreensível.

Parece que só uma coisa tem paralelo (inverso) à dor de quem perde um ente querido: é a quantidade de decisões a tomar de imediato de ordem prática e burocrática. Se eu ou minha amiga Karina estivéssemos voando naquele dia, não sei, sinceramente, como teria sido para aquela mãe, porque não tem jeito. As providências têm que ser tomadas. Aliás, até essa frase é burocrática.

Só eu estava lá. Foram cinco os momentos que marcaram minha vida dentro da história de Isis. O primeiro foi a surpresa de tê-la conhecido naquele final de tarde, na minha casa; o segundo, a lembrança do rosto de Isis – excepcionalmente alegre — naquela última visita antes da cirurgia, a dizer que o Brasil iria ganhar de 3 x 1 da Polônia; o terceiro momento foi o de saber de sua morte à janela naquela manhã; o quarto, o de ser a mensageira da notícia de morte da menina à sua mãe. Entretanto, nada foi mais significativo do que as cenas que se seguiram àquela autorização e que passo a narrar.

Passei algumas horas aguardando, no corredor próximo ao necrotério do hospital, pela liberação de seu corpinho e pela melhora da mãe indecisa sobre o que fazer a partir dali, pois uma parte ainda mais dolorida estava por vir. É que a mãe, em seu desespero, não queria que a menina fosse enterrada em São Paulo, onde não tinha nenhum parente e onde não teria mais condições econômicas de voltar. Entretanto, além de não termos qualquer experiência nesse tipo de burocracia e sequer conhecermos qualquer local para enterrar a menina, não conseguia visualizar o que fazer naquela situação, já que não tínhamos tantas experiências de vida em São Paulo, por não sermos originalmente dali, também.

E era feriado de Copa do Mundo de 1978.

Brasil em situação de quase decisão de Copa do Mundo, praticamente parado, em compasso de espera de um jogo. E tínhamos um destino em nossas mãos: daquela mãe e daquele corpinho. Examinando esse contexto, pressenti que uma trama de papéis, idas e vindas estava começando. A sensação iria se concretizar. Ida a locais de expedientes públicos, que, em meio a um feriado, atendiam em regime de plantão, com funcionários insuficientes para as demandas, formulários a preencher, documentos a serem assinados e encaminhados. Em tudo, havia muita demora. E foi nessa situação, quando o cansaço e o desalento já insistiam em me abater, que consegui o que precisávamos para que a mãe e o corpinho de Isis pudessem seguir para Belém. Consegui, inclusive, a liberação do Sistema Público para um caixãozinho branco para o corpo da menina e custeamos o transporte do corpo. É que os documentos do Inamps só previam o sucesso da cirurgia, não considerando a possibilidade de morte. E isso é incompreensível.

A ciência confiou plenamente na vida, e o Inamps, plenamente na Ciência. E nenhum deles pôde salvar a nossa menina Isis.

Entre os momentos que antecederam a viagem para Belém, houve muita dor e desta, pouco há a narrar, por ser subjetiva demais. A pequena urna branca contendo o corpinho frágil daquela menina, que tomou emprestado o nome da divindade egípcia, seguiu para o hangar de carga da empresa aérea, onde aguardaria o primeiro voo a decolar pela manhã com destino final, Belém, o último pouso também de Isis. A mãe voltou conosco para casa – separada já de antemão – da filha, cuja presença já não aqueceria sua existência.

Ao amanhecer, fomos para o aeroporto e a deixamos dentro da aeronave, conforme recomendado às comissárias de bordo. Descemos aquelas escadas, ainda ouvindo o eco do choro baixinho daquela mãe chorando alto e dizendo lá em cima, a bordo, que Isis havia vindo com ela naquelas poltronas e estava voltando no porão frio, separada dela.

Os laços que ligaram nossas vidas naquela época não foram rompidos subitamente, naquela escada de avião. Na verdade, eles foram sendo lentamente apagados, pela ação do tempo inexorável, que transforma quase tudo. Minha colega, Karina, ainda visitou Dona Dirce em Belém. Lá, ela soube que as outras duas irmãzinhas de Isis que sofriam da mesma cardiopatia estavam estáveis, já que a doença não estava evoluindo de forma tão rápida como no caso de Isis. A filha mais velha, que tinha 16 anos, havia fugido com o pipoqueiro, marido da outra vizinha, enquanto a mãe estava em São Paulo acompanhando a menina na cirurgia.

Na fuga, ela havia deixado em casa os irmãos menores aos cuidados do sogro doente e da vizinha, a esposa traída. O pai das crianças? Há muito que ela ainda andava em busca de informações para que ele pudesse ajudá-la em meio a tantas tristezas e a única descoberta até aquele momento era que ele havia "constituído uma nova família". Ponto.

Ainda nos correspondemos por algum tempo, ajudando no que podíamos, mas tempos depois, quando as rotas se alteraram, perdemos o contato real com a família.

Há, todavia, um outro eco rompendo sempre do fundo de minhas lembranças. É aquele da doce voz de Isis, prenunciando a vitória tão desejada do Brasil sobre a Polônia, naquela partida decisiva. E, somada ao som, vem a visão impregnada de luz e sombra daquele estranho veículo funerário trafegando em uma Avenida Paulista deserta e carregando o corpinho de Isis na pequena urna branca seguindo para o laboratório da USP. E nós seguíamos atrás na Brasília amarela de nossa vizinha. O pequeno cortejo de dois veículos seguia lenta e solitariamente na Avenida Paulista, vazia naqueles primeiros minutos após o término da partida. O trajeto levaria o cortejo ao local onde o corpo seria preparado no formol para a viagem de volta à terra natal. Era visível a chuva de milhares de papeizinhos brancos picados a cair do céu do alto dos prédios da avenida, em comemoração aos 3 x 1 obtidos[6].

No Brasil, começava uma tarde festiva após o jogo Brasil x Polônia. Contraste ou justa celebração à partida

---

[6] O resultado do jogo encaminhava o Brasil para a decisão de 3.º lugar, jogo que – mais tarde – daria a vitória ao Brasil sobre a Itália por 2 x 1. E, caso alguém deseje lembrar com quem ficou o troféu naquele ano de copa realizada na Argentina, foi a dona da casa que venceu os Países Baixos em Buenos Aires.

daquele anjo miúdo que prenunciara o placar daquela vitória brasileira naquele jogo e que seguia agora em direção a novas paragens?

Era o jogo da vida, afinal, acontecendo com todos os paradoxos a ele inerentes, e talvez por essa mesma razão, ficou como uma das mais fortes imagens congeladas no céu de minhas memórias:

Isis, em uma caixinha branca, a nossa estrelinha de Belém cruzando a Avenida Paulista em sua despedida, sob a chuva de milhares ou milhões de papeizinhos brancos sob a festa da multidão.

Mistério no voo cargueiro

Esta história já circulou muitas vezes nas rodas de frequentadores dos bancos de aeroporto e, por isso, é razoavelmente conhecida no meio, embora fora dele ainda mantenha o frescor das novidades. Muita gente diz ter conhecido os protagonistas do feito e jura que aconteceu, fornecendo nome, sobrenome e origem dos envolvidos. Confesso, porém, que estou entre os que ouviram de outros, portanto me isento de qualquer responsabilidade quanto à veracidade do fato. E, se para Aristóteles a verossimilhança é fator essencial à narrativa, para mim, então...

Acredito sinceramente que tudo é verídico, ou se não o é, tem tudo para ter sido.

#

Era um voo cargueiro noturno com saída prevista de Los Angeles com destino ao Rio de Janeiro. Em voos cargueiros noturnos, a sensação no interior do avião (aqui era um B-707) é comumente descrita como estranha, pois há a retirada das poltronas, para que o espaço seja preenchido com carga de todo tipo, especialmente enormes caixas, complementando a ocupação dos porões. Assim, a carga na cabine ficava praticamente às escuras, exceto pela luz baixa em frente aos toilettes dianteiro e os dois traseiros, o que gera muitas sombras internas quando o avião atravessa as nuvens.

Para aqueles que não tiveram acesso à visão de uma aeronave assim preparada, é pertinente ressaltar que o espetáculo é um tanto desconfortável, pois o lugar usualmente ocupado por vozes, calor humano, passa a ser ocupado por objetos inanimados, e de humano a bordo apenas os poucos membros da tripulação técnica (em torno de dois ou três tripulantes). Fornecidas assim, as informações, isoladamente, não parecem compor um quadro plausível a uma história sombria, mas uma vez agrupadas essas imagens, fica constituído um cenário a ser considerado.

É comum que a disposição psicológica da tripulação técnica em um voo cargueiro noturno passe por uma alteração, visto que há uma ausência de interação humana na cabine de passageiros. Assim, o espaço, cuja característica é ser ocupado por vozes, risadas, toques de chamadas de cabine e luzes, dá lugar ao silêncio, à semiescuridão. Para completar, o avião é geralmente mantido mais frio do que em voo de linha regular. Diversas vezes, ouvi de tripulantes técnicos (comandante, copiloto e engenheiro de voo, o dito *flight engineer*) que a sensação de sair da cabine para ir ao *toilette*, esticar as pernas ou, ainda, afastar o sono nesses trechos, não era muito agradável, em razão da estranha sensação de solidão desses espaços. Mais ainda: quando a ida era imperiosa, se me entendem, os ocupantes da cabine de comando — com frequência — evitavam olhar para a área traseira do avião, que era um lugar que atraía o olhar, por ficar levemente iluminado na semiescuridão da cabine repleta de caixas. Era mesmo uma visão inquietante sob o efeito dos reflexos das luzes do avião cruzando as nuvens!

\#

Neste ponto, vamos voltar, leitor, ao momento da partida do voo lá em Los Angeles.

\#

Ao receber a documentação daquele voo, a tripulação foi informada de que estava trazendo *"a coffin"* no porão. Isso mesmo: um caixão!... Ele continha o corpo de um homem brasileiro que falecera nos EUA. Do ponto de vista psicológico, a viagem prometia ser mais longa que o usual. O avião decolou, subiu até o nível programado, nivelou e a tripulação relaxou para a jornada à frente.

Lá pelas tantas, o *flight engineer*[7] precisou ir ao toilette. Foi. Em uma fração de segundos, antes de entrar no banheiro, ele teve a curiosa e vaguíssima impressão de que avistara algo, envolto na sombra, se deslocando na parte traseira do avião. Fixou novamente o olhar e nada mais viu. Entrou no toilette, abreviou a sua estada no local e saiu rapidamente. Olhou de novo e nada. Desistiu. Voltou para a cabine e passou o resto do voo sem mencionar

---

[7] Ou mecânico de voo, função do profissional que, a bordo, era responsável pelos sistemas hidráulicos, elétricos e outros. Era frequente, também, que esse profissional fosse habilitado para exercer a função de piloto.

qualquer coisa relacionada a isso, pois supunha ter sido uma ilusão de ótica, já que não havia olhado demoradamente para aquele local.

Algumas horas depois, o copiloto saiu para esticar as pernas. Em um relance, não intencional, foi tomado de igual sensação, qual seja, a de ter captado, em seu campo de visão prejudicado pela luz reduzida, algo ou alguém, uma sombra talvez, se movimentando entre os toilettes lá atrás do avião. Mas coloque-se no seu lugar, quem — a bordo — acreditaria em sua história, se decidisse contar o que quase viu? Melhor calar.

Na cabine, o silêncio era total. Enquanto o comandante lia e depois descansava, os demais remoíam suas dúvidas e seus próprios fantasmas, sem qualquer comentário. Quando faltava em torno de uma hora para o início do procedimento de descida, o sol começou a dar as caras, deixando tênues manchas cor rosa no céu. O dia se aproximava e dava nova perspectiva aos temores noturnos. Foi nessa hora que o comandante se levantou do seu assento para cumprir o trajeto já conhecido.

Mas aí o bicho pegou. Ele viu, não viu, voltou à cabine e divulgou o ocorrido aos demais. Foi nesse momento que a experiência de um se configurou como sendo de todos. Tinha que haver uma explicação... Corpo no porão, vulto no avião? Havia, sim, uma sensação de frio percorrendo a coluna vertebral, naquele trio de costas para a porta da cabine...

Pelo sim, pelo não, decidiram fazer contato com o despacho da companhia no aeroporto de chegada e relatar o fato. A empresa orientou a tripulação para direcionar a aeronave para a "remota", um local distante dos "*fingers*"[8] para melhor vistoria do avião procedente de Los Angeles, a fim de conferir com quantos vultos se faz uma assombração.

O "fantasma" tinha os ossos normais de um vivo, porém em vias de congelamento. E foi essa a razão pela qual o intruso corria de um lado para o outro lá atrás, a viagem inteira. Era desejo de se aquecer, só parando quando percebia que alguém saía da cabine de comando.

Afinal, ele não poderia ter aparecido, batido à porta da cabine e mandado um:

— Boa noite, senhores!... Dá pra aquecer um pouquinho lá atrás?

Mistério desfeito. Não era um espírito desencarnado, ainda apegado à vida terrena, mas um prosaico clandestino, funcionário de um setor de apoio em terra no aeroporto americano, brasileiro, que não tinha dinheiro para a passagem e tinha decidido se arriscar entrando inadvertidamente naquele espaço, junto à carga.

É sabido que não são raros os casos de passageiros clandestinos, inclusive viajando em compartimentos altamente arriscados do avião, como trens de pouso. Essas tentativas com frequência acabam em tragédias.

No caso do voo de Los Angeles, entretanto, o nosso vulto pregou um susto na tripulação, mas entrou em uma gelada.

---

[8] Ponte extensível entre a aeronave e o aeroporto para facilitar embarques e desembarques.

Ícaro e sua fragilidade

— Por que você não abre a sua janela e deixa o sol entrar?

A primeira frase estava num bilhetinho em papel amarelo e lhe foi entregue a 30 mil pés do chão. Clara ainda lembra que nele havia um desenho em que o sol aparecia triste. Talvez tenha sido aquela a razão de ter aceitado a sugestão...

Quando, enfim, a noite mágica da cidade tropical virou dia, a viagem acabou e a vida seguiu seu curso. A brisa na pele, o beijo intraduzível, a conversa plena de significados — mais reticências sublimes do que enunciados — ficaram lá, 20 e tantos anos atrás, mais de cinco mil quilômetros de distância.

Potência vital irrealizada. Suspensão no tempo... O perigo iminente sob a influência de *Dioniso*, o deus da embriaguez e do impulso, foi contido em tempo em benefício de *Apolo*, o deus que rege pelo bom senso e pela racionalidade.

E a vida seguiu seu curso! E se mudaram e eles mudaram. Seguiram caminhos opostos.

\#

Mas o que era mesmo ser radical, naqueles dias?... Há um esforço para lembrar.

Hoje, vida organizada e ativa, filhos saudáveis, voluntária em ações comunitárias, passeatas pela paz, meio ambiente e educação, vida regular, vida virtual, internet, PIX, BBB na TV para quem não tem o que fazer, mesmo tendo o que fazer. Tudo flui. Mas não há como adiar! Há um vago descompasso em algum lugar de sua vida. E é ali que se esconde o sonho, o irrealizado. O desejo mítico ainda se desloca, viaja, busca, derrete...

Às vezes, despenca do alto. É a porção Ícaro que ousa ressurgir nos sonhos, lá tão perto do sol. Ícaro, filho de Dédalos, cujo erro fatal foi o desejo desenfreado – tão oposto ao dela! Ele, Ícaro, foi atraído pelo desejo que o levou tão perto do êxtase que derreteu suas asas, sucumbindo irremediavelmente. Mas sabemos que há uma porção Ícaro que, embora tendo caído, *não morreu!* E essa porção vive em alguma parte escondida de todos nós, humanos.

Mas ela não permitiu que isso ocorresse. Nunca antes.

\#

Às vezes, Clara sonha que seu coração tomou emprestadas, em plena queda, as asas semiderretidas de Ícaro e que esse ser transfigurado — metade ele, metade ela — voa, voa, busca, procura por recantos escondidos da memória, mergulha e finalmente transpõe as barreiras de tempo e espaço até aquele ponto em que deixou um pedaço de si, naquele minúsculo desenho que esculpiram na madeira a quatro mãos e o inflaram com um suspiro (frágil como o são todos os amores) de eternidade. Nele mora o Sol de quem Clara fugiu, por medo de derreter suas frágeis asas. É lá, entre as tantas palmeiras que cercam a velha construção, que vive exilada de si sua parte extraviada, aquela que contém o desejo vital, a energia transfiguradora de Eros. Do que são capazes os pequenos desenhos... É para lá que sempre volta imaginariamente e em estado puro, sem regras, sem limites, ao encontro de sua essência extraviada, o ponto em que o antes e o depois de sua vida se reencontram no voo perfeito, quando em sono profundo.

#

Acorda. É dia! Dando asas à imaginação libertadora, Clara ousa viajar ainda desta vez... Que melhor final a um sonho bom do que deixar-se derreter, enfim, nas asas de Ícaro e descansar depois junto ao pé da velha árvore.

Triste seria ter vivido sem ter exercido as suas escolhas.

Quem sabe amanhã...

Na barriga do monstro

A menininha, de uns cinco ou seis anos, entrou agitada e ao se sentar, lá pelo meio do avião, perguntou chorosa à mãe onde estava a mala delas. Só mais tarde fui entender a razão daquela pergunta: a boneca favorita da pequena passageira estava na mala.

Diante da pergunta, a mãe disse:

— Pergunta pra aeromoça aí...

E eu, que estava ajudando a fechar o cinto da menina, pensei um pouco e traduzi da forma que a menininha curiosa pudesse entender um pouco melhor:

— Está na barriga do avião!...

Fiquei feliz com a minha solução linguística. Isso equivaleria a dizer que estava no compartimento de bagagens, no porão da aeronave.

Ao ouvir aquilo, a menina "botou a goela no mundo", desesperada, porque entendeu que o avião havia "comido a mala" (e a boneca) dela... Eu deveria ter imaginado a consequência de algo estar na barriga no avião, dito a uma criança tão pequena e vivendo ainda o mundo pleno da imaginação e dos contos de fada.

Na lógica infantil, se um lobo mau engole sete cabritinhos e, para liberá-los, é necessário que alguém corte a barriga do malvado enquanto dorme, tire os bichinhos lá de dentro, substituindo-os por pedras... Ora, então, o que possivelmente seria necessário fazer para liberar a mala e a boneca de um bicho desse tamanho?

Diante da choradeira inconformada da pequena, expliquei direitinho que o lobo mau era um animal e o avião era só uma máquina que obedecia ao comando das pessoas. E essa máquina não fazia mal às malas e às bonecas.

Na chegada ao destino, fiz questão de corrigir a minha retórica. Desci com ela, mostrei a imensa "barriga" do bicho e assistimos juntas à libertação daquela mala e daquela boneca.

De imediato, me lembrei da atriz norueguesa, Liv Uhlmann[9], que, contando sobre a sua infância em sua obra *Mutações*, expressa a preocupação que tinha, naquela época, com a sua velha bicicleta, exposta ao frio do inverno escandinavo, dizendo:

— Afinal, a gente nunca sabe...

Por isso, todas as noites, trazia a velha companheira para dentro de casa à noite, porque, "afinal, a gente nunca sabe!".

Aprendizados assim nos possibilitam viver a experiência do outro.

---

[9] UHLMANN, Liv. **Mutações**. São Paulo: Círculo do Livro, 1978.

Ao alcance do soco

E teve aquela vez em que, durante a aproximação para pouso, precisei acordar o passageiro que se encontrava sem o cinto de segurança. Era um bem nutrido e musculoso americano, daqueles que precisam se inclinar para não bater a cabeça na porta de entrada da aeronave. Na segunda tentativa infrutífera de acordá-lo com um chamado em voz baixa, me vi obrigada a tocar seu braço.

No exato instante que seguiu o meu gesto, fui surpreendida com o que talvez tenha sido um ato-reflexo (mas na prática foi percebido pelos demais passageiros em volta como um soco potente direto e sem escala) que passou a milímetros de meu rosto. O choque foi recíproco e o tal passageiro passou as três horas seguintes em que permaneceu a bordo se desculpando a cada vez que eu cruzava por ele no vai-e-vem a bordo.

Ele estivera revidando a surra que acabara de levar no sonho em uma briga imaginária... no ringue.

A micro fração de um segundo

Fazíamos o voo TR 267, subindo de São Paulo para Manaus, com escala no Rio de Janeiro. Era em torno de 15h. O voo havia partido de Guarulhos, feito escala no Rio de Janeiro e decolara para o que seria a sua última "perna", como os tripulantes chamam as etapas. No presente caso, a etapa era Rio-Manaus. O previsto de voo seria de aproximadamente quatro horas.

A aeronave era um B-707, antigo, diga-se. Fazia parte de um lote de aeronaves vindas dos E.U.A., ao que sabíamos, para o transporte de cargas, mas porque era época de alta temporada, voos de passageiros também estavam sendo realizados naquelas aeronaves. É importante mencionar que os B-707 já não estavam operando nos EUA, pelo alto nível de ruídos que produziam (decibéis). Para mim, entretanto, jamais existiu um design mais bonito e imponente. Eu os amava, inclusive aqueles decibéis a mais invadindo o meu ouvido, quando se aproximavam da pista do Salgado Filho, lá atrás no tempo de minha infância!

É real que os sistemas de refrigeração já não estavam em sua melhor forma, mas mesmo assim o voo transcorria tranquilo. O céu límpido lá fora e a ausência de qualquer turbulência eram os coadjuvantes perfeitos e se refletiam internamente na cabine de passageiros. Abaixo de nós, uma imensidão verde, na época, ainda intocada. Era um voo em "céu de brigadeiro"[10].

Havíamos concluído o serviço de almoço e os passageiros (aproximadamente uns 60% da capacidade máxima, que – por sua vez – era de uns 155 assentos) dividiam-se entre os que tiravam um sono após o almoço e os que conversavam. Lá atrás, na última fileira, um pequeno grupo de comissários ouvia uma piada contada com bastante suspense por um colega. Lembro que era sobre um português em visita ao Rio de Janeiro. Não gosto de piadas quando o foco é sobre uma etnia, uma deficiência, uma situação vexatória, ou seja: sou avessa à maioria das piadas prontas. Para não ficar constrangida, porque certamente não iria rir, busquei uma alternativa conveniente. Decidi ir até a cabine de comando oferecer um cafezinho. Então, interrompendo subitamente a contação, comuniquei ao grupo que iria até lá. O grupo ficou surpreso, mas isso não afetou a minha intenção.

Me levantei e andei pelo corredor em direção à cabine de comando. No tempo transcorrido no deslocamento entre a poltrona e a porta daquela cabine, só um pensamento ocupava a minha mente: oferecer café aos colegas na cabine de comando.

A sensação do toque da mão naquela maçaneta em formato de bola dourada com uns cinco centímetros de diâmetro ainda é muito viva. Reforçando: o único pensamento que ocupava a minha mente era: cafezinho. Eu ia

---

[10] Expressão popular que surgiu na década de 50, e que significa um céu sem nuvens no horizonte. "Brigadeiro" porque se refere a um cargo militar de alta patente, que pilota – dizem, eu aqui só repito — quando não há o perigo de alguma surpresa desagradável à vista.

checar se alguém queria um cafezinho. Nada mais me ocorria. Algo natural e rotineiro, especialmente depois do almoço, servido pouco tempo antes.

#

Antes de visualizar o interior da cabine, é bem relevante descrever quem estava lá dentro e em qual posição, pois isso fará diferença ali, no próximo parágrafo. À esquerda, estava o comandante do voo; à direita, um checador da Aeronáutica (Departamento de Aviação Civil na época, atualmente substituído pela Anac), em sua função de avaliação ("checagem") do comandante e, atrás dele, o *flight engineer*. Este último tinha as feições orientais e seus cabelos, fartos, eram grisalhos. Era essa a composição da tripulação técnica no voo TR 267, naquele dia.

Agora passo a narrar o que aconteceu no instante em que girei a maçaneta e abri aquela porta.

#

Tudo aconteceu num piscar de olhos, mas preciso de coerência para contar. E é por isso que demorei muitos anos pra escrever esta história, porque – até hoje – não entendo racionalmente o porquê de ter mudado a pergunta tão simples que trazia na ponta da língua ao tocar naquela maçaneta e que você, leitor, já sabe: "Aceitam um cafezinho?" para "Comandante, o senhor acredita em Deus?".

Ao fazê-la, apesar de descabida e deslocada no tempo e lugar, ela caiu como uma bomba na cabine... Há perfeita clareza na memória quanto à imagem da posição inclinada do comandante na direção de um dos botões eletrônicos do painel dos instrumentos à sua frente. No instante em que falei, sua mão direita estava a milímetros de tocar em um dos instrumentos. Com a pergunta no ar, ele imediatamente interrompeu a quase-ação e senti que iria se virar na minha direção. Isso, porém, não aconteceu.

No exato instante em que a ação do comandante foi abortada para me dar atenção, de súbito, vimos crescer à nossa frente, e passar raspando levemente à nossa esquerda, o "nariz" azul celeste de uma aeronave da Varig, algo imenso e impactante. Era um DC-10 que cruzava por nós em velocidade e altitude de cruzeiro[11] em sentido oposto. De imediato, houve uma forte vibração no nosso avião.

A estranha visão daquele bico azul celeste crescendo na nossa frente marcou a minha memória. Foi um instante único, aterrorizante e, ao mesmo tempo, grandioso, embora só mais tarde tenha dado a dimensão que merecia.

#

---

[11] Altura em que, graças à baixa densidade do ar, usa-se menos combustível e o equipamento alcança maior velocidade. Nessa situação, a aeronave trafega a aproximadamente 850 km/h, em uma altura aproximada entre 9.100 e 12.400 metros (30 mil e 41 mil pés).

HISTÓRIAS LÁ DE CIMA

Simultaneamente ao instante mencionado, ouvi a voz do comandante na fonia, falando com o Cindacta, que é o órgão que controla e observa todos os voos nos céus brasileiros. Suas palavras foram:

— Cindacta, Brasília, confirme a posição do TR 267.

E ele ouviu:

— TR 267 voando no nível 350 Rio de Janeiro para Manaus.

Ao que ele respondeu:

— Negativo. Estamos voando no nível 370 há uma hora e 30 minutos, autorizados pelo RJ, e acabamos de cruzar uma aeronave DC-10 da Varig, sem a mínima distância de segurança.

Guardei fortemente em meus tímpanos a última expressão.

#

Ao ouvir essa troca de mensagens eu tive uma percepção mais próxima do que acontecera, mas ainda não era plena. Esta veio aos poucos. Saí da cabine para ver se os colegas e passageiros haviam percebido algo. Os colegas, sim. Os passageiros pareciam distantes e, se notaram, não fizeram menção ao fato. Como eu disse antes, foi tudo muito rápido e quase imperceptível, e decorre daí a minha dificuldade em transmitir, no texto, as reais dimensões do acontecimento.

Já fora da cabine de comando, ouvimos o toque da cabine, solicitando que eu fosse lá. Confesso que cheguei a temer pela minha sorte. Instintivamente, sentia que havia procedido de forma totalmente fora do padrão, ao perturbar uma ação técnica que estava em andamento com aquela pergunta descabida.

#

Quando voltei à cabine, o comandante solicitou que eu trouxesse água com açúcar para todos, o que fiz de imediato. Foi então que ele pediu para que eu me sentasse no banco adicional atrás do assento do comando e a seguinte conversa aconteceu, ainda sob tensão de todos ali:

— Há pouco você interrompeu um procedimento técnico, fazendo aquela pergunta sobre a existência de Deus... Por que você a fez?

Eu respondi:

— Comandante, desculpe, mas não sei como lhe responder. Ou melhor, eu sei o porquê da pergunta. Mas não sei por qual motivo eu a fiz aqui e agora.

E segui explicando, enquanto todos me olhavam:

— Há três anos penso em perguntar isso ao senhor. Para ser sincera, penso em perguntar ao senhor desde aquele momento em que duas tripulações compareceram ao enterro (em Porto Alegre) de nossa colega, que se foi naquele fatídico acidente com o B-727 (TYS) em abril de 1980 no morro em Florianópolis. O senhor lembra daquele momento, após o enterro?

Observei que ele pesquisava os arquivos da memória e finalmente se lembrava dos tempos idos:

Então, continuei:

— Ali, depois do enterro, todos muito tristes, optamos por descontrair um pouco e conversar sobre as perdas que tínhamos acabado de sofrer. Era uma noite chuvosa e fria, apesar de ser mês de abril. Fomos em um bar (na verdade, o Restaurante Gambrinus) ali no Mercado Público em Porto Alegre. Eu acabara de assistir ao enterro de uma querida colega do meu curso. Éramos em torno de dez ou 12 pessoas de duas tripulações naquela noite e lembro que o senhor e o comandante do outro voo estavam sentados nas cabeceiras da mesa, que era retangular e enorme...

Diante da atenção de todos, continuei a rememorar aquele momento triste:

— No local, iniciou-se uma conversa, que inicialmente era algo como "onde será que eles estão agora? É difícil pensar que não estão mais conosco..."Ocorre que, após alguns comentários, sobre o tema vida e morte, a conversa foi descambando rapidamente para posições extremas, qual seja, ateísmo versus teísmo. No meio daquela discussão, e sem interesse no assunto ali, a maioria optou por falar de outros aspectos do acidente ocorrido. Comandante Isaque, foi a partir daquele momento que alimentei a curiosidade genuína de conversar sobre esse tema e entender melhor como um ateu percebe a vida e a morte. Até hoje não realizei isso. O fato é que, desde aquele momento até hoje, pensei em perguntar quem era o ateu naquela mesa e quem acreditava em Deus. Três anos se passaram. Estivemos, o senhor e eu, em outros voos juntos nesse tempo, como jogos de vôlei, momentos de lazer, piscina e almoços em grupos nos pernoites, e em nenhum momento, apesar da vontade de espichar conversa sobre este tema, que, confesso, me atrai muito, em nenhum momento anterior, repito, nenhum momento, formulei a pergunta tão antiga entalada na garganta.

— E o que te levou a perguntar hoje, naquele instante – enfatizou os advérbios de tempo –, interrompendo um procedimento crítico da cabine de comando?

Fiquei em silêncio, sem muito a dizer em minha defesa.

Ele continuou:

— Tu, sendo uma instrutora de voo, deve ter alguma explicação para isso. Estávamos em uma situação absolutamente formal, com instrutor-checador a bordo. Seria natural a tua entrada para oferecer o café, se tu tivesses aguardado o momento certo de fazê-lo, ou seja, após finalizado o procedimento em andamento. O que tu me dizes?

Só pude acrescentar:

— O senhor está totalmente certo e peço desculpas. Não tenho e, creio, não encontrarei respostas para a minha atitude exceto que, acredite ou não, ao girar a maçaneta da porta, tudo o que eu tinha em mente era oferecer café. O instante em que isso mudou é uma incógnita para mim.

Então, ele disse:

— Agora tu já sabes qual dos dois daquela discussão eu sou. E acredito sim que foi Ele que te enviou aqui, há pouco.

E cravou a seguinte afirmação:

HISTÓRIAS LÁ DE CIMA

— Tu nunca irás saber a micro fração de um segundo que separou a nossa vida da nossa morte, pois naquele instante eu iria ajustar o instrumento no painel, corrigindo o rumo, girando o instrumento para a esquerda. Foi a tua frase completamente inusitada e inesperada que me interrompeu, porque foi muito estranha e fora do contexto. Se tu tivesses oferecido o café, que é algo rotineiro, eu teria prosseguido no ajuste e, com absoluta certeza, não estaríamos aqui agora tendo esta conversa.

\#

Aquela tripulação ainda ficou na rota norte-nordeste por uns quatro ou cinco dias, mas era evidente o clima reflexivo, feito de silêncios mais do que conversas descontraídas. Era como se alguns de nós estivéssemos de ressaca. Lembro que o comandante, que já exercia a profissão há mais de duas ou três décadas, mencionou, em certo momento, que ele sempre saíra de casa com o pensamento natural de que iria voltar, deixando coisas a serem feitas na volta, num futuro que ele tinha certeza que viria. Mas que aquela havia sido uma experiência limítrofe em sua vida e que, dali em diante, ele jamais sairia de casa deixando algo que considerasse importante por fazer.

Somos folhas ao vento, nuvens passageiras, somos e já não somos. Que a gente aprenda a viver da melhor forma possível este exato instante, que já está se transformando em tempo passado...

Deus? É um conceito maior a ser percebido pela experiência de cada um.

Atrás do trio elétrico

Na chegada em Congonhas, naquela límpida manhã de sábado, após longas nove horas de voo noturno, o plano imediato era subir ao DO, checar a próxima programação, assinar alguns papéis e embarcar em outro voo, agora de folga de dois dias, para Porto Alegre.

Mas era carnaval. E o dia trazia surpresas.

Ao sair do elevador com a tripulação que voara comigo, dei de cara com um grupo de cinco colegas, alegres e falantes, se despedindo dos demais que se apresentavam para novos voos. Ouvi que estavam indo para Salvador para brincar os próximos dois dias na terra de Nosso Senhor do Bonfim.

Foi imediata a associação àquele refrão do Caetano Veloso que diz que "atrás do trio elétrico, só não vai quem já morreu...".

Eu estava cansada e com sono, mas estava viva!

Antes que entrassem no elevador de onde saímos um segundo antes, gritei:

— Esperem... Vou com vocês!... Encontro vocês no avião daqui a pouco.

Não iria perder aquela oportunidade, talvez única, de passar um carnaval na Bahia! Nunca se sabe o dia de amanhã. Entreguei os documentos do voo finalizado e pedi alteração do destino do meu "passe livre", que era uma espécie de autorização dada pela chefia do tripulante para embarque sem custo, no que fui atendida pelo plantão. Troquei o uniforme para uma roupa civil e corri para o avião, carregando na mala um mínimo de roupas adequadas para brincar no carnaval de rua.

No dia anterior, havia passado o dia brincando, também atrás do trio elétrico, nas ruas de Boa Viagem, no Recife! Ali, troquei muitas horas do meu descanso por séculos de memórias felizes, enquanto cantava lindas modinhas e tentava coreografar o maravilhoso frevo na avenida.

Feito isso, peguei minha mala e fui para o avião, onde os colegas foliões já estavam. A tripulação do voo não iria ficar em Salvador, indo até Fortaleza pela costa. Já os cinco felizes foliões que estavam acomodados na aeronave me receberam e, só então, me atualizaram sobre os planos traçados alguns dias antes. A ideia era reunir colegas dispostos a viver essa experiência. Perguntei se haviam reservado hotel e qual a programação em termos de locais para brincar. Tudo acertado. Haviam reservado 2 apartamentos: um deles estava reservado para as duas meninas (agora, três) e um para os três rapazes, os colegas comissários. A ideia era brincar na Praça Castro Alves de dia, voltar para o hotel para banho, algum descanso para as pernas, alimentação, hidratação e nova jornada à noite por outros pontos da cidade a serem definidos depois da chegada.

A atmosfera entre o pequeno grupo era de alegre improviso. E assim foi.

Chovia na cidade quando chegamos, mas isso era mero detalhe. O trajeto até o hotel, na praia de Ondina, demorou muito, o que era previsto. Chegando lá, solicitamos, na recepção, alguns folhetos para confirmar as programações de carnaval da cidade e subimos para deixar as bagagens e nos vestirmos para o carnaval de rua.

Nenhum traje especial. Vestíamos roupas bem simples, mas confortáveis, quais sejam, shorts, camisetas coloridas e floridas e sandálias, tipo havaianas, as melhores em momentos de descontração... Todos tinham como adereços, além dos arranjos havaianos nos colares e na cabeça, cintos com garrafinhas de água, até ali, geladas. Mas o melhor ingrediente daquela indumentária era a alegria transparecendo espontaneamente no rosto da gente. Havia muita expectativa, naquele evento, categoria máxima. Eram 15h, quando nos reunimos na recepção e pedimos informações e orientações de como chegar na Praça Castro Alves. Optamos pelos taxis, estacionados na frente do hotel. Tudo em nome da economia de energia para gastar com o trio elétrico.

Primeiro carnaval na Bahia. Nível altíssimo de ansiedade e gratidão por aqueles momentos. Poder viver experiências assim era (e é) um dos privilégios de voar profissionalmente.

Chegamos nas proximidades do local do agito, onde milhares de foliões curtiam o carnaval. O som nos chegava como um imã, atraindo o grupo de forma irresistível. Seguimos o trajeto a pé, já no ritmo do trio-elétrico "atrás do trio-elétrico só não vai quem já morreu...". A Praça Castro Alves fervilhava, repetindo o refrão da canção de Caetano: "A Praça Castro Alves é do povo, como o céu é do avião", que – por sua vez – era uma intertextualidade com o poema de Castro Alves "A Praça Castro Alves é do povo/ como o céu é do condor". Sim, ambos estavam certos: no carnaval há uma inversão, quando a Praça do

Teatro, geralmente frequentado pelas classes altas, passa a ser do povo em sua ânsia de extravasar vida e alegria.

E ali estávamos e nos misturamos aos milhares de turistas e soteropolitanos. A sensação de integração era incrível. Todos unidos em uma mesma energia, dançando e cantando as músicas tradicionais e até as novas, cujas letras eram de fácil assimilação. Ali brincamos, pulamos e até choramos na emoção de estar entre foliões apaixonados pelo carnaval e celebrando saudavelmente a alegria de estar vivos. A tarde se foi, a noite desceu e o cansaço físico, jamais o emocional, chegou. Precisávamos de um descanso, um banho. A reposição de sais minerais era urgente, especialmente no meu caso, que havia trabalhado na noite anterior e prosseguido para Salvador.

Decidimos andar um pouco até nos afastar da multidão em busca de um taxi. Aproximadamente um quilômetro depois, havia um ponto de táxi e fomos em dois veículos. Chegamos no hotel por volta das 20h e fomos direto para os apartamentos em busca de um banho reconfortante. O combinado foi que todos descansariam de uma a duas horas e depois pediríamos sopa com torradas, o que foi consenso entre o grupo. Queríamos nos reidratar para voltar para o trio elétrico, desta vez, na Praia de Ondina, onde já estávamos hospedados. A canja com torradas estava ótima e revigorante e guardo registros do momento "canja dos foliões".

Descansamos um pouco mais, talvez uns 30 minutos, e nos preparamos para mais algumas horas de folia, dessa vez, sem chuva.

A noite estava perfeita e a brisa do mar ajudava a aliviar o calor que sentíamos. Brincamos até uma leve mancha ala-

HISTÓRIAS LÁ DE CIMA

ranjada surgir no céu, anunciando que era a vez do sol sair e servir de pano de fundo para a interminável folia. Optamos por voltar ao hotel e nos entregarmos a umas boas horas de sono. Todos estavam emocionados com os momentos vividos, mas estávamos também esgotados fisicamente. Na verdade, não houve sono. Houve um quase desmaio... Eu, por exemplo, estava para completar 24 horas sem dormir. Depois do banho, dormi como um anjo, resgatado ao paraíso.

Na tarde seguinte, quem acordou primeiro foi contatando os demais e descobrimos que eram quase 15h. Fomos nos encontrando, ainda sonolentos, na piscina do hotel e pedimos lanches, enquanto deliberávamos sobre a programação para aquela tarde e noite de domingo, aliás, a última em solo baiano. Na tarde seguinte, segunda-feira, voltaríamos para São Paulo para cumprir novas programações de voos. Estávamos ali em cinco pessoas, já que um dos colegas não quis descer e pediu um lanche no apartamento. Ela disse estar em pandarecos, aliás um pouco menos pior que nós, já que nossos ossos reivindicavam nossa atenção a cada movimento. Aproveitamos o final da tarde dando alguns mergulhos na piscina de água morna, o que foi ótimo para o esqueleto.

Enquanto relaxávamos na água, consideramos algumas opções para a noite que se aproximava, enquanto ouvíamos, daquele ponto, o som das ruas chamando alucinadamente. O resultado foi que, dessa vez, fomos mais comedidos. Afinal, já na tarde seguinte, a maioria do grupo teria que se apresentar para voo e precisaria estar razoavelmente em forma. Lá em cima, o trabalho cobra um alto preço em termos de condições físicas, muito disso em função da pressurização a bordo. São muitas horas de exposição à pressão interna da cabine e ao ar rarefeito e até exposição à radiação ionizante.

Foi com naturalidade que a decisão foi tomada: iríamos seguir o trio elétrico o mais junto possível à praia e não brincar até o amanhecer, como na noite anterior. A ideia era sair do hotel em torno de 20h e voltar no máximo às 2h da manhã para podermos descansar razoavelmente antes de fazer as malas e rumar para o aeroporto, o que deveria ocorrer às 11h da segunda-feira.

Aquela noite foi fantástica. A sensação era a de que vibrávamos na mesma frequência, a da alegria, como se não houvesse dores no mundo. Havia o prazer de cantar, dançar e ser feliz. Cada folião se divertia sozinho ou acompanhado de amigos, amores, familiares ou estranhos. O que era comum era a impressão de felicidade à flor da pele. Houve tempo para um banho de mar reconfortante, antes da volta ao hotel.

Naquele carnaval, em especial, senti o prazer de ser brasileira, de ser baiana (sem ser), de ser única, ali naquelas horas. Jamais esquecerei o quanto. No dia seguinte, a vida seguiu. Malas. Aeroporto. Voo sobre nuvens carregadas.

#

De volta a São Paulo, terra da garoa e de muito trabalho... Terra "de quem vem de outro sonho feliz de cidade e que aprende depressa a chamá-la: realidade...".

E que novos baianos também te "possam curtir numa boa".

A sorte nos rochedos

Essa história também aconteceu em Salvador e tem por cenário o alto dos rochedos onde se erguia o Hotel Othon, na praia de Ondina.

Havíamos chegado de voo no meio da madrugada com programação para a volta na madrugada seguinte. Ao nos despedirmos para o merecido descanso, ainda na recepção, entre nós, os comissários e comissárias, ficou a sugestão de acordar ao natural e, após o café da manhã, na medida em que fôssemos acordando, nos encontrarmos na beira da piscina...

Então, naquela manhã, o grupo foi, aos poucos, se chegando, ainda bocejando e em ritmo bastante lento... Isso não impediu as conversas animadas que pipocavam aqui e ali... Notamos que uma colega que vamos chamar aqui de Maria K — aliás, a única mulher no grupo, exceto eu – estava um tanto cabisbaixa... Um colega, mais curioso, perguntou a razão do estranho silêncio, ainda acreditando que ela estivesse apenas sonolenta. A resposta veio robusta: estava arrasada porque ela e o noivo ou namorado de longa data haviam rompido e ela não conseguia imaginar a vida sem ele.

De imediato, houve uma grande empatia. Afinal, quem nunca viveu um momento complicado no campo amoroso? Tentativas de animá-la não surtiram efeito.

Então, alguém perguntou como poderíamos ajudá--la, ao que ela respondeu:

— Existe um vidente aqui perto que poderia me ajudar. Me disseram – na recepção do hotel, segundo ela – que ele é muito bom em avaliar as situações que contamos e prever o seu desdobramento. E eu só queria saber se o meu noivo vai voltar para mim ou não...

Pelas expressões das pessoas presentes ali, pude constatar que a crença nesse dom era mínima, mas a colega em sofrimento estava tentando se agarrar a essa possível "tábua de salvação".

Foi quando ela acrescentou, um tanto insegura:

— Alguém iria comigo? Fica logo ali embaixo dos penhascos...

E apontou em direção ao mar. E continuou:

— O nosso hotel está localizado em cima dos roche-dos onde o mar bate, não é? Pois é... Ali atrás do hotel há uma escadinha que vai descendo, acompanhando as pedras, tipo andares nas rochas. Esse místico fica logo abaixo, em um dos desníveis do rochedo, em uma gruta.

Ninguém se pronunciou. O tempo sem resposta pareceu longo e desrespeitoso com o sofrimento dela. Não tive jeito. Respondi que iria com ela, sem mencionar qualquer incredulidade nessas práticas. E assim fizemos.

Nos dirigimos à escadinha no fundo do hotel e des-cemos alguns degraus íngremes até alcançarmos um nível abaixo nos rochedos calcados nas pedras de forma bastante rústica. Por ele seguimos uns 80 metros. Lá chegando, encontramos a gruta. Saindo dela, talvez pela nossa aproximação ruidosa, visualizamos um homem de barbas esbranquiçadas e um tanto curvado, olhando em nossa direção. Aos seus pés um cachorro que latiu à nossa chegada, e junto à entrada da gruta, alguns panos em uma pequena caixa de papelão.

A visão daquele homem, por alguma razão, me lembrou um antigo quadro no quarto de minha avó. Era a imagem de São Lázaro, com um cajado, as pernas expostas e, ao seu lado, um cachorro.

De imediato, ele nos saudou, dizendo:

— Salve lá... O que desejam?

Minha amiga respondeu:

— Vim aqui para consultar o senhor sobre uma situação que estou vivendo.

O místico informou que atenderia e faria o possível para ajudar, mas não atendia ninguém em trajes de banho, no caso, biquínis com toalhas amarradas na cintura. Teríamos que retornar com roupas mais apropriadas.

Fiquei muito contrariada, só de lembrar o calor escaldante daquele horário, com o sol a pino. Seria irritante demais vestir uma calça jeans (a única roupa que havia na minha mala) sobre a pele sob tamanho calor e com protetor solar grudando. Mas assim procedemos e lá voltamos, uns 15 minutos depois...

Antes de entrarmos na gruta, minha amiga fez o pagamento e foi orientada a entrar na gruta. Entramos. A gruta tinha um espaço bastante limitado, medindo aproximadamente uns 1,5 m de profundidade, uns 90 cm de largura e, calculo, 1,5 m de altura na entrada, diminuindo a altura à medida que entrávamos até o fundo. Ou seja, entrei ereta e fui me abaixando na medida em que chegava ao fundo da gruta, aproximadamente 1 metro à frente. Me sentei mais ao fundo. Minha amiga entrou depois de mim e se sentou ao meu lado, e o místico se sentou na frente dela. Todos sentamos sobre pedras. Importante dizer que a nossa percepção do que nos rodeava era praticamente nula. Total escuridão, visto que o sol estava em cima de nós e vínhamos da absoluta claridade, ainda presente fortemente na retina de nossos olhos.

De imediato, o homem pediu que todos rezássemos o Pai Nosso, em uma espécie de ritual para deixarmos o mundo profano e nos aproximarmos do espaço do mistério, do divino, o que fizemos de corpo e alma. Entretanto, enquanto ainda me acostumava à escuridão, senti algo muito sutil roçar minhas pernas por baixo do jeans grudado pelo protetor solar. De início, não dei importância, acreditando que se tratava de alguma formiga, o que seria perfeitamente natural naquele local rústico e escuro.

Ainda concentrada na oração, percebi que a intensidade daquele roçar na pele, aliás, subindo pelas pernas estava me desconcentrando da oração.

Simultâneo a isso, meus olhos começaram naturalmente a se acostumar com a semiescuridão e pude visualizar um pouco mais. Tive, então, a louca sensação de que havia pontos brancos no chão se movendo. E, na medida em que as retinas de meus olhos iam desvelando a escuridão, os pontos brancos andantes pareciam ter virado. Foi então que vi, à minha esquerda, no canto da gruta, bem em frente ao local onde eu estava sentada, uma bacia amarela. E ela estava cheia de pipocas... que andavam.

Quando o incômodo toque multiplicou-se em minhas pernas, por baixo da calça jeans, vi claramente o chão e meu cérebro ligou os pontos, dando-se conta de que... Pipocas não andam...

Reagi em franco desespero:

— B A R A T A S... B A R A T A S aqui!!!...

Gritei em pânico e, na ânsia de fugir dali, joguei minha amiga para fora da gruta, me jogando atrás, com uma força que eu desconhecia. Às pressas, tirei as calças (ainda bem que não havia tirado o biquíni no hotel!). No impulso do meu gesto, minha amiga quase caiu no penhasco, pois o corredor em frente não tinha mais que uns 90 centímetros de largura até a caída no precipício.

O místico, que não chegou a ler a sorte ou aconselhar a minha amiga, ficou lá gritando:

— Voltem aqui, suas desmioladas! Os animais não fazem mal a ninguém... São vocês que carregam o mal!... Voltem...

#

Os latidos do cão somados aos gritos daquele vidente ainda ecoam nos meus ouvidos. Foi difícil explicar nossas expressões de susto ao voltar à piscina com as calças literalmente nas mãos e muito ofegantes.

Minha amiga? Até hoje não sei se reatou com o antigo amor... Que tudo esteja bem com ela e seu amor, porque eu nunca mais voltaria lá, onde habitam pipocas andarilhas...

O escorregador do B-767

Muitas coisas preocupam jovens tripulantes de cabine em suas primeiras experiências a bordo. A preocupação não se refere somente ao trabalho a ser desempenhado e para o qual são preparados, que é a segurança dos passageiros. Os treinamentos em terra e depois em voo, além das constantes e periódicas reciclagens, servem para dar a eles a preparação necessária ao bom desempenho das funções destinadas a cada um e poder lidar com tranquilidade em situações que se apresentam.

Localizando esse fato no tempo e no espaço, a apresentação da tripulação para o voo São Paulo-Manaus deu-se às 18h30 no DO do Aeroporto de Congonhas. O voo seria realizado em uma aeronave bastante nova na empresa, no Brasil, na América do Sul, aliás na América Latina toda. Era um *widebody* Boeing 767, prefixo TAA. A tripulação para aquela jornada noturna e quase sem serviço de bordo era composta pelo mínimo de tripulantes possíveis, definida pelo número de portas existentes a bordo (4), multiplicado pelo número de passageiros embarcados. No caso, seríamos 5, pois havia um comissário a mais como chefe de cabine e 2 pilotos (comandante e copiloto).

Etapa burocrática cumprida, tudo assinado, diárias recebidas, a tripulação despediu-se dos colegas, dirigiu-se ao portão de embarque indicado e entrou no avião.

Já dentro do avião, cada um se dirigiu à sua área de trabalho e se preparou para o desempenho de sua função específica. Antes do embarque, todos tinham checagens de itens e locais a serem vistos e relatórios a fazer, caso houvesse, sobre pequenas inconsistências. Um exemplo? O tripulante de cabine que fosse responsável pela *galley* e seus apetrechos, e fornos e material necessário ao serviço de alimentação, deveria checar tudo o que envolve a sua área e reportar qualquer item que necessitasse de troca ou manutenção local etc. Alguém que cuidasse da área das poltronas e toilettes deveria verificar se tudo estava adequado e, caso não estivesse, providenciar melhoria, material faltante e coisas assim.

#

O comissário-chefe havia me designado para ficar responsável pela área frontal da aeronave, documentação e embarque dos passageiros e também pelo atendimento à cabine de comando. Isso incluía abertura e fechamento da porta principal, a dianteira. Definida a minha área de atuação, fui checar o que me cabia. Constatei que o relatório de bordo citava que havia um pequeno problema com a abertura da citada porta, registrado pela tripulação de desembarcara antes de assumirmos aquele voo. Detalhando melhor, o relatório mencionava que o botão a ser acionado antes da abertura da porta, depois que o avião estivesse parado, estava com uma pequena inconsistência: ele ficava numa posição um tanto duvidosa, ou seja, não ficava óbvio que o slide estava desconectado, o que liberaria a porta para ser aberta para o desembarque, sem maiores problemas.

Li o histórico no Relatório. Ali constava que, no aeroporto anterior, os mecânicos já tinham verificado o acionador do slide, para atender à reclamação do pessoal de bordo. Constava que aparentemente estava corrigido o problema.

Cada porta daquelas aeronaves continha um *slide*[12]. Cada slide tem capacidade para 75 passageiros no Boeing 767. Isso cobre a necessidade de escape de 210 passageiros, capacidade máxima daquela aeronave. Caso a porta necessitasse ser aberta em emergência, o slide abriria automaticamente, possibilitando a rápida evacuação. Para que isso pudesse acontecer (o escorregador inflar), o botão citado teria que estar na posição "conectado". Nesse caso, se a porta fosse aberta, o slide se abriria, luzes se acenderiam e estaria pronto para ser usado na suposta emergência. A tripulação estaria preparada para soltar da aeronave o escorregador/bote com os passageiros na hora certa, após o desembarque de todos os passageiros previstos para aquela porta. Já em situações de pousos normais, a posição correta do botão deveria ser "desconectado" para que a porta pudesse ser aberta sem que o escorregador se armasse.

Agora, vamos lá à explicação do que toda essa descrição vai implicar. Como já citei, aquele tipo de avião havia sido recentemente lançado comercialmente e os primeiros que chegaram à América do Sul vieram para a

---

[12] Escorregador, acomodado dobrado nas portas das aeronaves, que em situação de emergência é acionado para evasão de passageiros e tripulantes em pousos de emergência em terra e de bote salva-vidas, em pousos forçados na água.

nossa empresa, tendo sido recebidos com grande festa, alguns meses antes desse voo.

Como era uma aeronave inédita, houve necessidade de se aprender cada detalhe. Então, todos aqueles tripulantes técnicos e de cabine, além dos profissionais de manutenção previstos para trabalhar nelas, receberam treinamento específico. Durante o treinamento, houve uma ênfase (quase um mantra) sobre um detalhe: o slide das portas jamais deveria ser estar na posição CONECTADO no momento de abertura das portas. Como reforço aos mais desavisados, havia em cada porta um alerta em grandes letras vermelhas... Então, se a porta fosse, porventura, aberta acidentalmente, com o slide conectado, o espetáculo de som, luzes e imagens estaria garantido... Ele é imenso e iria inflar automaticamente. A informação vinha sempre acompanhada do seguinte complemento: "Se inflarem o slide por qualquer descuido, aproveitem e peguem suas malas, antes de escorregarem por ele, e se dirijam diretamente ao RH da empresa".

O porquê dessa enfática recomendação era que havia pouco material de reposição trazido dos EUA até aquele momento, pois aquelas aeronaves eram muito recentes no país. Praticamente todo o material de reposição estava ainda a caminho. Então, na situação de um eventual incidente como o que estávamos preocupados no momento, o avião teria que parar a prestação de serviço por vários dias, pois o slide inflado teria que ser retirado da estrutura da porta, totalmente esvaziado e dobrado (era imenso) e recolocado de volta. Ou poderia voar, reduzidos do total 75 passageiros, capacidade do escorregador

HISTÓRIAS LÁ DE CIMA

avariado. Eu havia notado naquele relatório da tripulação anterior que algo estava falhando na conexão e desconexão do slide à porta principal. Chamamos a manutenção, que, não tendo constatado nada de anormal, fez a devida anotação no registro de bordo. Optei, assim, por pensar positivamente em relação à famosa porta. Afinal, a operação da porta em si não apresentava problema nenhum. Então, vamos em frente.

Tudo checado, embarque autorizado, passageiros a bordo... Portas fechadas. Slides conectados. Passageiros checados quanto à preparação para a decolagem. Motores ligados. Decolagem autorizada. Take-off. Aeronave em voo. *Speech* do comandante sobre o voo, previsão de chegada, altitude e condições da rota em que estaríamos voando até Brasília, nossa única escala antes do destino, Manaus.

O voo foi tranquilo, como previsto, e pousamos lindamente.

Só que não...

O avião taxiou, percorrendo o trajeto em baixa velocidade até a parada total dos reatores, aí, já em frente ao local destinado ao seu estacionamento, em frente ao aeroporto. Importante mencionar que – na época — o aeroporto de Brasília ainda não havia passado por reformas e, portanto, as aeronaves não estacionavam em corredores móveis de embarque e desembarque (*fingers*). Escadas eram, então, trazidas até a aeronave. No caso da nossa aeronave, duas escadas auxiliares seriam acopladas às portas dianteira e traseiras para o desembarque. Os caminhões que transportavam as escadas acopladas aguardavam a uma certa distância para, só então, se aproximar, encostando e travando a escada para que o desembarque iniciasse...

Som da cabine de comando autorizando a desconexão do slide e a abertura de portas e demais procedimentos de desembarque. Botão, maçaneta, punho do slide acionado para a sua desconexão. Desconexão efetuada. Posição aparentemente correta para a abertura manual da porta.

— Tsssssss...

— O quê?...

#

Tudo aconteceu de uma forma súbita e muito intensa para o espectador que estivesse lá fora. E em seu interior também.

#

A próxima imagem registrada em minha mente, ainda em choque, é algo imenso, iluminado e iluminando a noite de Brasília, emitindo som de pneu sendo calibrado, se desenrolando, crescendo e tomando proporções assustadoras de um bote imenso, quase um navio iluminado. Do instante inicial daquele evento até o momento de sua concretização, creio, não se passou mais que um minuto, e dele tenho poucas lembranças, além do movimento inverso que meu estômago e meu cérebro simultaneamente faziam.

HISTÓRIAS LÁ DE CIMA

A primeira ação, ainda em estado de choque, foi comunicar à cabine de comando o que acontecera (como se alguém naquele aeroporto inteiro não tivesse sido testemunha ocular do ocorrido!...).

Entrei na cabine, caí sentada na poltrona auxiliar, porque não posso usar o verbo sentar, já que não refletiria o meu real estado. Todo o sangue que antes corria em minhas artérias e veias parecia ter congelado.

Fui breve e o diálogo foi este:

— Comandante, acabei de inflar o slide.

Resposta mais curta ainda:

— Nós vimos...

— E o que faremos?

— Vamos saber em seguida!

Foi a resposta do copiloto.

\#

Enquanto essa conversa se desenrolava no *cockpit*, o despachante do voo embarcou pela cabine traseira do avião, onde a escada havia sido colocada e os passageiros com destino a Brasília haviam desembarcado. Ele, então, nos comunicou o recheio do bolo: o dono da nossa empresa estava no aeroporto para recepcionar um dos passageiros que chegara conosco e fora testemunha ocular daquele espetáculo. Pronto... Pensei: "Vou buscar a minha mala, me despedir dos colegas e me dirigir à cabine traseira para descer por ela pela última vez". O itinerário

127

já estava mentalizado: volto para São Paulo, indo direto pro RH, e depois volto pro Sul.

Um plano foi, então, traçado e iniciado na cabine de comando juntamente ao pessoal de terra. Primeiro: o slide foi desconectado e retirado da aeronave, deixando a porta dianteira livre. Em segundo lugar, verificou-se quantos passageiros, no total, estavam previstos para a decolagem para Manaus. O total permitido, naquela situação (sem um dos slides), seriam 135, creio. A previsão era de 112 passageiros. Então, foi autorizada a decolagem do avião sem o slide. Tudo pronto, foi realizado o embarque, com os passageiros sendo acomodados nas cabines traseira e executiva. A cabine dianteira ficou sem passageiros.

E o escorregador? Ficou em Brasília e, realmente, o serviço de esvaziamento e fechamento do equipamento demorou quatro ou cinco dias. Depois disso, foi enviado para São Paulo para ser recolocado pelos profissionais da manutenção no seu devido compartimento, na porta principal daquela aeronave. Durante esse tempo, a aeronave teve restrição na quantidade de passageiros a bordo em cada etapa de voo, o que – acredito – pode ter gerado algum prejuízo à empresa.

Minha situação? Não precisei desembarcar ali. Prossegui na rota, dentro da programação, até o retorno a São Paulo, três dias depois. Não precisei passar no RH e continuei cumprindo as minhas programações por muitos anos a partir daquele susto. Os relatórios prévios informando algumas ocorrências com aquele desarme problemático do escorregador me favoreceram.

Afinal, poderia ter acontecido com outra tripulação.

Cruzando fronteiras

No início dos anos 80, um termo muito usado entre os tripulantes em diferentes tipos de conversas aqui e ali era "*widebody*". A frase poderia ser algo do tipo:

— O Boeing 767 é um *widebody* e o B-707 não é.

E a conversa prosseguia, geralmente explicando a diferença entre os modelos da Boeing. Com a chegada das aeronaves *widebodies* (corpo largo, aquelas que têm duplo corredor), iniciou-se também, na empresa onde eu voava, a Transbrasil, o período dos voos internacionais, inicialmente na modalidade de voos charters (fretados) e depois voos de linha. O primeiro deles teve como destino Orlando com escala em Miami.

Desnecessário mencionar o quanto cada um de nós, tripulantes daquela empresa, desejava estar presente naquele momento histórico. Creio que todos os pilotos mais laureados até os comissários e comissárias mais recentes, porventura em processo de treinamento, desejavam isso. O processo em si da escolha dos tripulantes a serem escalados e quem seria responsável por tal decisão não chegou ao conhecimento dos interessados no resultado, mas havia consenso de que a decisão passaria por antiguidade, experiência técnica e domínio do idioma inglês.

Esses pré-requisitos eliminariam muitos sonhadores. Um exemplo: entre os tripulantes técnicos, os pilotos, apenas alguns haviam feito o curso daquela aeronave nos EUA e já estavam voando no equipamento há alguns meses, sempre com a presença a bordo dos pilotos designados pela Boeing. Assim, aqueles ainda não treinados ficariam de fora por questões técnicas. Igualmente, nas tripulações de cabine (comissários), nem todos haviam feito o curso para trabalhar naquela aeronave e estavam aptos a voar nela. Isso excluiria os demais. Quanto ao idioma, havia, com certeza, a consideração relativa à experiência com o idioma.

Enfim, a ansiedade corria às soltas naqueles dias. Não havia reunião informal em que as apostas ficassem de fora. É interessante destacar a natureza humana campeando em uma área específica: a das suposições... Então, era muito comum, naqueles 15 dias (em média) anteriores ao voo inaugural, escutar-se comentários do tipo:

— Ah! Aposto que o Fulano, que é "o cara" junto à chefia – no caso, a diretoria de operações –, vai estar no voo, independentemente do tempo de "casa" que tem...

Ou:

— Duvido que a Sicrana não vá estar na lista, mesmo com aquele inglês sofrível, só porque é bonita.

#

Mas, entre decolagens e pousos, o tempo voa.

#

HISTÓRIAS LÁ DE CIMA

Estávamos em Manaus, em uma jornada de cinco dias que se originara três dias antes, em São Paulo, e subiu pelo Nordeste "pingando", o que no linguajar de bordo significava um voo de muitos pousos até o pernoite em Recife. Na tarde posterior, o voo passara por Teresina e São Luis e pernoitara em Belém, decolando na madrugada seguinte para Manaus, onde chegamos na madrugada, com programação para decolar de volta para São Paulo, via Brasília na noite seguinte. Todos descansaram e, naquele horário, em torno de 13h local, estávamos – a maioria dos tripulantes – à beira da piscina do Hotel Tropical. O dia estava muito quente e úmido, como de hábito, e o pessoal lagarteava, esparramado e ainda sonolento do voo noturno. Alguns conversavam sobre trivialidades, mas um assunto veio à tona, quando um colega lembrou que naquele dia, talvez, naquele horário mesmo, estivesse sendo divulgada a lista com os nomes daqueles que comporiam a primeira tripulação internacional.

Havia um frenesi e as apostas surgiam a cada minuto. Até os jacarés e lagartos à espreita no zoológico do antigo Hotel Tropical ou nas águas do Rio Negro levantaram as suas cabeças e começaram a palpitar animadamente. Sinceramente, sou de Capricórnio e, apesar de viver mais no ar do que na terra, tudo indica que o meu signo tem muitas características do elemento "terra". Na verdade, sou muito "pé no chão" e optei por não alimentar qualquer ilusão quanto à possibilidade de a tal lista vir a me contemplar. Éramos muitos e todos excelentes profissionais, portanto, as chances de ficar de fora eram infinitamente maiores do que estar lá. Na minha ideia, imaginava que seriam convocados entre seis e oito comissários e comissárias de um total de 200 ativos. A estatística imaginária não me animava.

Estávamos ali papeando excitadamente até que um colega imaginou que poderia ligar no Despacho de Operações de São Paulo e perguntar se havia saído a "escala" do voo inaugural. E assim fez. Soubemos, então, que a programação havia acabado de sair. Pediu que enviassem para a recepção do hotel. Nem precisamos empurrá-lo para que saísse às pressas em direção à recepção, alguns metros à frente...

Não demorou mais que cinco minutos para o recebimento da mensagem com a lista dos escolhidos. Meu nome estava lá.

#

Daquele grupo em volta da piscina, havia mais um colega na lista. Décio, uma unanimidade entre nós. Todos o admiravam por suas incontáveis qualidades. Era uma pessoa incrível, de uma simpatia que agregava disposição e energia positiva entre colegas e passageiros, e, como profissional, insubstituível, visto que trabalhava em equipe como poucos. Tinha uma perfeita visão do todo para que o trabalho fosse harmonioso, sem sobrecarregar ninguém para que o objetivo chegasse a bom termo. E era divertido, o que significava garantia de um voo leve e muito bom. E eu? Bom, até hoje não tenho certeza do porquê de estar naquela lista tão honrosa. Talvez o fato de ser uma das instrutoras, pelo inglês, ou talvez pelo tempo razoável na empresa, na época... O fato é que estava lá e vou contar como foi essa jornada...

\#

No dia do voo inaugural São Paulo-Miami-Orlando, todos devidamente apresentados, incluindo o Comandante John, da Boeing, fomos informados que o dono da empresa, também piloto e comandante habilitado, estaria realizando a jornada conosco. O avião designado tinha o prefixo PT-TAA (Tango Alfa Alfa), o primeiro B-767 a ser batizado na empresa e na América Latina. Era um voo festivo e importante, que prenunciava uma nova etapa, com anúncios futuros de novas rotas internacionais. O ano era 1983.

Fui designada para a função a bordo de Primeira Comissária, o que significava que ficaria no atendimento aos passageiros acomodados na primeira classe, composta de 24 assentos. Importante ter em mente que este, sendo um voo inaugural, acomodava, nessa classe, convidados de diferentes segmentos da sociedade brasileira, como empresários e políticos ligados àquele momento de inovação para todos ali, além dos demais passageiros. Também entre os convidados ilustres, na primeira classe, estavam diretores de diferentes setores da empresa, como operações, recursos humanos e marketing.

No horário previsto, assumimos o trabalho a bordo e cumprimos a lista dos itens a serem checados, incluindo verificação de equipamentos de emergência e aspectos gerais da cabine de passageiros para que estivesse apta a receber os passageiros. Passo seguinte, verificamos qual seria o serviço de bordo, escolhido para uma experiência primorosa. A primeira etapa do serviço a bordo seria o jantar, visto que o voo decolaria às 20h. Ao amanhecer, antes da chegada em Miami, estava previsto o serviço de café da manhã.

Finalizado o embarque, bagagens e passageiros acomodados, com a aeronave ainda de portas abertas, jornais, revistas e balas foram distribuídos em todas as cabines (primeira classe, executiva e econômica). Havia um significado específico no oferecimento usual de balas aos passageiros, que era o de fazer com que as mandíbulas se movessem, favorecendo aqueles passageiros com tendência a sentirem dor nos ouvidos nos procedimentos durante decolagem e pouso, muitas vezes por estarem resfriados.

Feito isso, tudo checado, portas fechadas, *push back*[13] autorizado, turbinas acionadas, parte da tripulação de cabine checava poltronas na vertical, cintos afivelados, bagagens eventualmente mal acomodadas nos bagageiros. Outros comissários e comissárias assumiam os seus postos junto aos microfones de bordo para efetuar o *speech,* o anúncio de boas-vindas e de recomendações de segurança, que incluíam as indicações das saídas de emergência. Nesse caso, como o voo tinha em sua rota muitas horas sobre o oceano, eram também incluí-

---

[13] *Push back* significa a operação de deslocamento da aeronave com motor ainda desligado, feito por equipamento auxiliar, até a posição na qual ela possa se deslocar por meios próprios, conforme Anac.

HISTÓRIAS LÁ DE CIMA

das demonstrações e instruções para o uso de coletes salva-vidas. Em complemento ao que era dito, colegas, posicionados no início de cada corredor, demonstravam o uso desses EPIs, enquanto outro comissário falava ao microfone.

Enquanto a aeronave taxiava vagarosamente em direção à cabeceira da pista, de onde iria iniciar a corrida para a decolagem, a informação de que a cabine de passageiros estava pronta para a decolagem foi passada à cabine técnica pelo chefe de equipe por meio da fonia da primeira classe. E o primeiro voo internacional da empresa decolou de Congonhas. Era o ano de 1983 e o Aeroporto de Guarulhos só seria inaugurado em 1985.

\#

Aeronave em voo. Depois de alguns minutos, flaps e trem de pouso recolhidos, aviso de afivelar cintos desligado, novas informações foram dadas aos passageiros, relativas ao serviço de bordo de jantar e também sobre o filme escolhido para projeção após o jantar. Também foram fornecidos detalhes adicionais sobre o voo, como condições da rota e horário previsto de chegada, bem como boletim meteorológico do aeroporto de Miami.

Enquanto essas informações eram divulgadas, os comissários preparavam bandejas com lencinhos quentes perfumados para os passageiros em geral para higienização das mãos, geralmente, após a leitura de revistas e jornais. Nessas ocasiões, a aeronave ficava com um suave aroma de lavanda, ou outro, como capim-limão, rosas, que durava até serem abertos os pratos quentes do jantar.

Houve, na primeira cabine, antes do jantar o oferecimento de espumante, sempre muito bem recebido. Nesse momento, o serviço de bordo estava sendo preparado em todas as cabines. Pratos quentes estavam sendo aquecidos para serem dispostos nas bandejas que já continham os pratos frios e saladas, além de atraentes sobremesas. Depois dessa sequência, o cafezinho e o licor fechariam o serviço de jantar. O restante do voo, do ponto de vista dos passageiros, transcorreu de forma tranquila e, portanto, sem grandes lembranças, exceto alguns comentários de passageiros que se levantavam de seus assentos para esticar as pernas ou aguardar para ida ao toilette, enquanto o filme era projetado nas telas das três cabines.

Naqueles anos, havia, no país, uma certa efervescência no sentido de ampliar a malha aérea da aviação internacional. E, em nossa empresa, não era diferente. Assim, era incentivado o investimento em aprendizado e melhoria dos tripulantes e pessoal de atendimento em solo em línguas estrangeiras, tais como francês, italiano, espanhol, árabe e, claro, melhorias no nível do inglês falado, em especial. Assim, aqueles que comprovassem — mediante exame específico — proficiência naquele idioma passavam a usar em seu uniforme de bordo a bandeirinha do país de origem daquela língua. Não era difícil ver a "ostentação" daqueles que, merecidamente, portavam duas, três ou até mais bandeirinhas. Santa inveja!...

Mas o que isso tem a ver com o voo aqui mencionado?

Em determinado momento do voo, tudo tranquilo, umas poucas luzes baixas em *dim* nas extremidades da aeronave e próximas aos toilettes, eu acabava de reabastecer o carrinho de bebidas, chamado de *trolley,* a bordo. Nesse momento, o dono da empresa, que conversava baixinho com outro convidado de pé junto à porta dianteira e próximo ao carrinho das bebidas, perguntou a mim e ao colega próximo como nos sentíamos por participar daquele voo inaugural e, por isso, histórico. A resposta esperada seria provavelmente algum adjetivo que fosse sinônimo – em maior ou menor grau — de satisfeito.

Naquele instante, percebi ali uma ocasião de levar em frente uma ideia que tinha em mente há algum tempo. Pedi dois minutos de sua atenção, porque não poderia perder aquela oportunidade. Ela era única para o propósito que eu tinha em mente. Ele se dispôs a me ouvir. Embasei o meu discurso, ressaltando a importância daquele voo para todos nós, já que – ao menos na expectativa da empresa – poderia se tratar de um primeiro de muitos outros voos no futuro próximo. Até aí, nada de novo. Porém, eu entendia que na nova fase internacional da empresa, todos nós, tripulantes e pessoal de atendimento nos aeroportos e manutenção, precisaríamos passar por um *upgrade* com relação aos idiomas falados. Foi então que verbalizei a ideia que já, há algum tempo, estava em meus pensamentos:

Por que não liberar os tripulantes interessados em estudar fora nas baixas estações na aviação, que costumavam ocorrer anualmente, entre os meses de março e junho e entre agosto e outubro/novembro? É sabido que, nesses períodos, costuma haver uma redução na demanda de voos devido ao final das férias e do turismo sazonal. Em contrapartida, haveria a garantia do emprego na volta. Simples. Ou seja, seriam licenças não remuneradas em épocas que havia menos voos. Na minha ideia, isso viria ao encontro de nossos interesses e só traria benefícios. O "estudante" interessado melhoraria a sua proficiência no idioma e, consequentemente, o seu nível profissional, tendo a garantia de ter de volta o seu emprego, quando retornasse ao país. A empresa não necessitaria – naquele período – arcar com o salário e outros encargos trabalhistas de um profissional em licença não remunerada. A ideia, com certeza, merecia melhor avaliação, mas eu tinha esperança em poder viajar a estudo, mantendo o vínculo empregatício. Assim, quem tivesse interesse nesse tipo de afastamento se programaria em termos financeiros, guardando dólares para o sustento e a escola em terras estrangeiras.

As passagens aéreas já eram garantidas pela Iata, aos tripulantes de férias, desde que cumprida certa hierarquia no embarque (a prioridade eram os tripulantes da própria empresa que estava recebendo os viajantes e, depois disso – caso houvesse lugar vago –, a hierarquia era, de novo seguida, primeiro os comandantes, depois os demais tripulantes técnicos e depois comissários). Esse sistema funcionava bem e todos costumavam viajar nas férias, sem grandes imprevistos.

Considerados os aspectos mencionados, a ideia era boa e contemplava interesses de funcionários e empresa. Apresentei a ideia, em pouco mais que dois minutos, creio.

Confesso que, por alguns momentos, fiquei com receio de que aquilo viesse a cair em chão estéril. Mas não...

Passados alguns instantes, que não consigo mensurar, ele falou:

— O plano é bom. Faz sentido... Faça o seguinte: quando retornar do voo, procure a diretora da área de vocês, relata a conversa que tivemos aqui e diz pra ela falar comigo.

Não posso afirmar que – dali em diante — me senti nas nuvens, porque já estava lá. Mas a verdade é que — a cada momento no qual o trabalho a bordo diminuía ou terminava — eu ficava tecendo planos e situações positivas, não só para o meu futuro próximo, como também para tantos colegas que certamente aproveitariam a chance, quando se tornasse real. Valia a pena economizar por um período para investir em conhecimento.

O voo prosseguiu até o seu destino final, que seria em Orlando, depois do pouso em Miami. Tudo transcorreu como foi previsto e todos chegamos ao fim da jornada realizados pela nova etapa iniciada na empresa. Em Orlando, foi emocionante, ao abrir a porta do avião, vermos o Mickey e o Pluto na porta a saudar-nos. Ficamos em Orlando em torno de 24 horas e retornamos, trazendo outros passageiros. O voo de volta também foi tranquilo e no horário.

No final da viagem, já em São Paulo, fui direto até a diretoria de comissários e descrevi o diálogo que tive a bordo sobre o assunto do estudo no exterior. A diretora acolheu a ideia e disse que veria a possibilidade de que isso pudesse se concretizar. Algum tempo depois recebemos a confirmação de que poderíamos fazer parte do projeto de estudar fora com licença não remunerada. Não esperei uma segunda chamada. Me inscrevi e, quase de imediato, fui para Londres, aprimorar o idioma. Muitos outros colegas também foram.

E essa já é uma outra página de minha história lá em cima.

Natal em Copenhagen

A época de final de ano sempre é repleta de emoções afloradas e outras tantas desconsideradas, especialmente para profissionais escalados para voos com pernoites fora, longe de suas bases e familiares. Esse tipo de situação não é exclusividade apenas dos tripulantes, mas ocorre com caminhoneiros, profissionais da saúde, da hotelaria e de grande parte dos profissionais que prestam serviços.

Nesse período especial do ano, houve muitos momentos marcantes, como comemorar o *réveillon* duas vezes no mesmo voo, por termos cruzado outro fuso horário depois de decolar. Ou ainda de uma ocasião, por exemplo, em que deixei a roupa à fantasia (deusa Athena) que usaria em uma festa temática ("Grécia") por ter sido acionada poucas horas antes para um voo Guarulhos-Cuiabá-Guarulhos.

A história que vou contar, entretanto, aconteceu comigo em um fim de ano no exterior. Tudo começou quando pedi licença não remunerada para ficar fora por três meses a fim de aprimorar o nível de inglês e prestar o Exame da Universidade de Cambridge. Somei a esse tempo os 30 dias de férias que tinha a tirar e me preparei para ficar fora por quatro meses. O local escolhido foi Londres, onde já estudara em férias anteriores, tendo, portanto, mais um mês de investimento no idioma. Então, me matriculei no curso escolhido com início em setembro e final previsto para 20 de dezembro, já com o exame realizado. Hospedei-me com a mesma família de anos anteriores (os inesquecíveis Mr. e Mrs. Frazer), quando ia estudar, em férias apenas.

Escolhi a escola na região de Covent Garden, pela ótima reputação, localização, pela qualidade da escola e pela possibilidade de realizar o exame na London University. E tudo transcorreu como planejado durante o curso. Exame realizado ao final do período, aprovação, Certificado de Proficiência emitido. Tempo de voltar.

Naqueles dias próximos ao meu retorno, marcado para 23 de dezembro, enfeitei a árvore de Natal daquela família tão especial e de quem já sentia saudade, dando explicações do motivo para não passar a data com eles e embarcar de volta ao Brasil no dia seguinte ao Natal.

Lembro que no dia 22 fui até a loja da SAS (Scandinavian Airlines) checar se tudo estava certo, tendo recebido a resposta afirmativa, inclusive com uma informação suplementar que o voo estaria "tranquilo, restando 62 lugares vagos". Era um B-747, o Jumbo. O trajeto seria o seguinte: Londres (Heathrow)-Copenhagen, inicialmente. Ali haveria conexão para um voo que faria escala em Frankfurt e depois iria direto ao Rio de Janeiro. No Rio de Janeiro, eu embarcaria no voo para Porto Alegre, direto. A saudade da família era grande e esperava chegar no dia 24, antes do meio-dia, para comer (não esqueço o pedido que fizera!): arroz, feijão, farofa e carne picadinha. Era esse o pedido. E se tivesse couve seria o máximo.

No dia 23, me despedi e rumei para o aeroporto. Lá, tudo transcorreu normalmente, despacho efetuado, lugar marcado, embarque finalizado. Portas fechadas. O avião decolou. Voo tranquilo até Copenhagen. Desembarque feito. Bagagens recolhidas da esteira. A programação era: coletar a bagagem e rumar para o embarque do voo para o Rio de Janeiro com escala em Frankfurt. Até aí, tudo dentro da programação, e no horário.

E foi aí que a porca torceu o rabo e as coisas começaram a se embaralhar como em um jogo de cartas mal marcadas.

Ao chegar no balcão da SAS para o check-in no voo indicado para o Brasil, estranhei quando a atendente emitiu a seguinte pergunta, após ver meu passaporte e minha passagem (lembrando que a passagem era Iata, aquela que dá livre acesso aos voos entre tripulantes de empresas que pertencem a essa Associação – e todas as empresas aéreas praticamente são parte desse acordo):

— A senhora prefere despachar a mala ou não?

Não entendi, porque eu tinha uma mala bem grande, resultante dos quatro meses fora, além da bagagem de mão. Então, na minha percepção, era um tanto óbvio que iria despachar a mala grande. Isso porque estava baseando o meu pensamento nas informações recebidas em Londres de que o voo estava "tranquilo" no que se referia à disponibilidade de lugares.

Ela, percebendo a minha confusão, acrescentou:

— É que o voo está lotado e há alguns passageiros "extras" (leia-se Iata, grátis) para embarcar.

Relatei a ela, então, o que havia sido informada em Londres sobre a existência de 62 lugares vagos e complementei dizendo que, se eu soubesse que corria o risco de ficar no chão em Copenhagen, teria passado o Natal com meus amigos em Londres. Ela disse que houve um problema no "sistema" e que ele não registrara todas as passagens compradas.

Levei um susto, mas mantive a naturalidade com que sempre enfrentei essas situações e que sempre "me salvaram" em momentos assim, quando tudo pode dar errado, mas também tudo pode dar certo. Ela explicou melhor a situação: todos os passageiros pagos já estavam atendidos e a bordo. Sobrara apenas um lugar livre na aeronave. Entretanto, concorrendo ao desejado assento, havia três pessoas aguardando: um comandante (cargo superior ao meu), um comissário (cargo igual ao meu) e eu. Entretanto, os dois outros concorrentes eram da própria empresa (SAS), e sempre a empresa que cede o assento ao tripulante extra tem prioridade de embarque.

Eu não tinha, aparentemente, a menor chance, mas ainda perguntei:

— Mas eles já se apresentaram aqui no balcão?

Ela disse que sim, mas que não constava que tivessem despachado bagagem e que estava me perguntando sobre despachar a mala ou não, exatamente para me dar uma chance a mais. E seguiu explicando que, no caso de chamarem o passageiro extra para embarque, a empresa daria prioridade a quem já tivesse despachado a bagagem, para que não fosse gerado nenhum atraso desnecessário na partida. Vi aí um sinal dos deuses da aviação. Pedi que despachasse a minha bagagem, agradeci e fui sentar para aguardar a definição, que certamente viria em seguida, sem ter me esquecido de invocar a ajuda que vem de cima.

HISTÓRIAS LÁ DE CIMA

Aguardei por mais uns dez minutos, creio, embora hoje pareça que foi muito mais tempo. De repente, olhei para a frente e vi um enorme nariz branco e azul se afastando do vidro de onde eu estava. Como ali era o aeroporto de Copenhagen e eram muitos os aviões "escandinavos", meu coração insistia em desconsiderar a possibilidade de ser "o meu".

Mas era.

Um supervisor do aeroporto veio ao meu encontro e informou sobre a decolagem do avião que levava a minha mala, meus presentes de Natal para a família e todos os livros que eu comprara naqueles quatro meses fora.

Desabei. De repente, uma nostalgia, um vazio de tudo o que não poderia ver e receber naquele Natal veio de vez. A minha carne picadinha com farofa, o abraço da mãe, do pai, dos familiares, o calor daqueles dias na minha terra. Chorei baixinho em uma das raras vezes em que me entreguei a uma emoção. Me sentia esvaziada e em um lugar que, apesar de já conhecer, não tinha vínculos afetivos. Então, o funcionário — compadecido, acho – muito solícito se encarregou de me dar o que eu precisava de imediato: um copo de leite quente. E deu início a um pequeno interrogatório:

— O que tu tens aí contigo que não foi despachado? Dinheiro: quanto? Alguma roupa na bagagem de mão? Conheces alguém aqui que tu possas contatar?

Falei que a bagagem fora despachada realmente, ao que ele respondeu que faria um Boletim de Ocorrência para que interceptassem a bagagem na chegada ao Rio de Janeiro. Expliquei que tudo o que eu tinha ali estava no corpo ou na bolsa. No momento, eu vestia uma roupa de verão, apesar do frio absurdo e da neve lá fora, mas por cima disso, eu vestia um casaco digno de um inverno rigoroso. A ideia era tirar o casaco e não morrer de calor na chegada ao Brasil. Já na bolsa, eu carregava alguma maquilagem, pasta e escova de dentes e 200 dólares. Era tudo o que sobrara dos quatro meses fora, já que eu havia gastado o pouco dinheiro restante em pequenos presentes de Natal para a família, além de alguns livros. Até a minha máquina fotográfica *Olympus Trip 35*, velha companheira e testemunha de tantos momentos únicos, se fora naquela mala.

O funcionário começou, então, a me orientar sobre o que fazer: entregou-me um voucher para um hotel que ficava na frente do aeroporto. E deu-me uma boa sugestão: no dia seguinte, 24 de dezembro, ir ao centro, na loja da Varig, no endereço que estava indicando para checar a possibilidade de voltar no primeiro Varig para o Brasil, previsto para o dia 25 à noite (ainda era 23, noite). Também me orientou a passear e aproveitar um pouco a cidade e as comemorações de Copenhagen. Agradeci a ele as sugestões e expliquei que eu já conhecia a cidade, de uma viagem anterior à Suécia e à Dinamarca. Ele me entregou uma cópia da Ocorrência sobre a bagagem despachada e me indicou como chegar no hotel em frente. E para lá me dirigi.

A travessia a pé naquela neve alta e fofa, passando embaixo de um viaduto até chegar à porta do hotel está em alto relevo na tela de minhas lembranças pictóricas. Também nunca senti tanto frio na vida, exceto daquela vez em que viajei na carona de uma moto 1000cc, no frio igualmente congelante do inverno londrino. Cheguei na recepção do hotel, onde fui muito bem atendida e conduzida ao apartamento pago pela SAS a uma brasileira, perdida na neve, grátis e sem bagagem.

Não me esqueço do quanto me senti desamparada por não ter uma roupa para trocar depois do banho. Lavei as roupas que vestia e as sequei nos dutos aquecidos que atravessavam o quarto. Tive sucesso na empreitada, já que no dia seguinte tudo estava seco e quentinho. Nem sei quantas horas dormi. Levantei, tomei o café da manhã oferecido pelo hotel e preparei-me para a ida até a loja da Varig, não sem antes buscar as necessárias informações na recepção do hotel. Peguei o ônibus indicado e fui. Só a possibilidade de ter gente falando a nossa língua, nessa hora, já trazia alento ao meu coração.

Foi aliviada e com a familiaridade dos idos de minha infância e adolescência que olhei para aquela estrela tão simbólica na loja da Varig, que achei com relativa facilidade. E, por ser época de Natal, revivi o *gingle*[14] que marcou as telas de nossas televisões, que ainda eram em preto e branco. Estava confortável e aquecida, enquanto procurava alguém para me atender. Naquela hora, próxima do meio-dia, havia poucas pessoas no local e todas estavam em atendimento. A loja, por ser véspera de Natal, fecharia

---

[14] "Estrela brasileira no céu azul, iluminando, de norte a sul. Mensagens de amor e de paz, nasceu Jesus, chegou o Natal. Papai Noel voando a jato pelo céu, trazendo um Natal de felicidade e um Ano-Novo cheio de prosperidade", e terminava com a marca sonora apenas instrumental que fazia referência ao famoso "Varig, Varig, Varig"... — Veja mais em: https://economia.uol.com.br/todos-a-bordo/2021/12/22/varig-jingle-natal-papai-noel-voando-jato-ceu-publicidade-propaganda.htm?cmpid=copiaecola. Acesso em: 1 jun. 2023.

no horário do almoço. Então, aproveitei para falar com a primeira pessoa que pareceu estar disponível. Expliquei toda a história. Ela me conduziu ao gerente, que ficava no andar superior. Era um jovem senhor de nacionalidade portuguesa. Seu nome era Antônio Carlos, creio. Ele foi bastante compreensivo e me passou a situação real:

— Olha, o nosso voo partirá amanhã, dia 25, às 20h. O voo não está previsto lotado daqui até Frankfurt, mas em Frankfurt vai lotar.

E completou:

— Então, nessas condições, não podemos te levar, pois há o risco de tu ficares em Frankfurt, como está aqui: no chão. Mas eu tenho uma sugestão pra te dar. A nossa tripulação fica nesse hotel – e entregou o cartão do hotel, onde escreveu igualmente o nome do comandante. – Está aqui o telefone e o endereço. Por que tu não ligas para lá e pede para falar com ele? Explica a tua situação e pede uma atenção especial.

E continuou:

— Nesta situação que tu te encontras, sem mala, eu penso que é bem provável que o espírito de Natal esteja nos corações de todos. Quem sabe ele, que tem a última palavra a bordo, não possa te ajudar?

Peguei o cartãozinho, onde também estava anotado o telefone pessoal do gerente, para o caso de eu vir a necessitar de algo. Saí dali e voltei para o hotel. Não havia um plano B, já que, na SAS, o próximo voo havia sido cancelado e só haveria voo para o Brasil no dia 30, véspera de Ano Novo.

HISTÓRIAS LÁ DE CIMA

Decidi ligar para o hotel duas horas depois de voltar da loja. Liguei. Com o nome do comandante anotado, pedi à telefonista do hotel para falar com ele, no que fui atendida depois de algum tempo de espera na linha. Iniciei me identificando e pedindo desculpas pelo contato em momento ao descanso da tripulação. Ele me deixou falar. Expliquei que também era tripulante e que estava em uma situação imprevista e que obtivera o telefone do hotel de pernoite das tripulações da Varig com o gerente da loja... Contei toda a história recente, mas não tão explicada como no presente relato. Afinal, não poderia abusar da educação daquele ouvinte.

Para a minha surpresa, e atendendo às minhas expectativas mais esperançosas, ele entendeu e foi muito compreensivo:

— Olha, estamos aqui em 14 pessoas. Quase todos nós trouxemos nossos familiares, porque realmente é difícil passar esses momentos sozinhos, longe das pessoas que são importantes para nós. Então, eu te entendo perfeitamente. Você é nossa colega. Então, eu te convido a vir passar a ceia de Natal aqui com a tripulação e nossos familiares. Venha aqui e a gente vê como podemos ajudar. Eu vou checar como está a situação do nosso voo de volta.

Nem sabia como agradecer. Mas agradeci e confirmei que iria. Me sentia acolhida. Iria conhecer pessoas e não passaria a meia-noite sozinha.

Em outras duas horas, estava lá e fui direto para o restaurante, mas não sem antes me extasiar com o cenário de filme de Natal na neve que cercava o entorno e a recepção daquele hotel. Lá chegando, me apresentei ao grupo, que já sabia o que estava acontecendo comigo. Fui muito bem acolhida e passei horas muito importantes na minha vida com aquelas pessoas. Entre elas, havia algumas crianças e até corri em volta do hotel à procura de nozes escondidas no meio da neve, que depois eram trocadas por brindes e guloseimas na recepção.

Tirei algumas lições daquela experiência, ainda longe de acabar. A ceia estava incrível. Muitas comidas saborosas em lindas apresentações. As pessoas estavam à vontade, conversando socialmente e interagindo, mas algo chamava a atenção: os pequenos grupos familiares estavam completos, felizes, mas as três pessoas que não trouxeram os seus familiares apenas agiam socialmente. Visivelmente não estavam ali, traduzindo "ali" por completude. Algo estava em falta. Observei também que aquelas três pessoas comeram minimamente (na verdade pãozinho com manteiga) e brindaram sem o entusiasmo esperado daquela situação e cenário, em um lugar visualmente de sonho.

Após a ceia, o comandante, que trouxera a esposa e uma filha, comunicou que iriam subir para assistir à missa do galo no apartamento e, olhando na minha direção, disse para eu estar no aeroporto no dia seguinte em torno de 17h, me apresentando no balcão da companhia e dizendo que o comandante do voo estava ciente das condições da minha viagem (o risco de falta de lugar em Frankfurt). Disse que ele mesmo, ao chegar no aeroporto, falaria com os colegas de terra. Isso dito, despediu-se dos colegas e subiu. Outros o imitaram se despedindo do grupo e desaparecendo. Uns poucos ficaram e, para a

HISTÓRIAS LÁ DE CIMA

minha surpresa, Érica, uma das comissárias com as quais já havia estabelecido uma simpática conversa desde a chegada, perguntou se eu não gostaria de ficar no hotel, indo embora na manhã seguinte. No início, relutei, mas ela acabou por me convencer.

Subimos. A outra colega, Naiara, também veio para nos fazer companhia e, enquanto a televisão transmitia a Missa do Galo, fiquei sabendo que ela, Érica, estava voando já há oito anos e que aquele seria o seu último Natal longe da família e do noivo, com quem iria se casar em maio do ano seguinte e deixar a aviação. Mais uma vez, notei a melancolia no timbre de voz daquelas pessoas por estarem longe de seus entes queridos. A colega Naiara tinha um pijama extra, que me emprestou. Passei uma noite bem estranha e cheia de pensamentos preocupantes.

Parece muito óbvio, mas ali percebi que não há lugares especiais apenas por sua fama ou beleza infinita. O que há é gente que está feliz por algo que vem de dentro e não de fora. Ou não está. E hoje, quando mostro as fotos bonitas daquela ceia de Natal em Copenhagen, não há quem não imagine que todos estivessem muito felizes, o que não reflete a realidade daquele momento. No dia seguinte, acordei cedo, agradeci pela gentileza daquelas gurias e da tripulação e ficamos de nos reencontrar no aeroporto, com sorte, dentro do avião.

E já era Natal. De volta ao hotel, recebi um recado pela telefonista. O gerente português da Varig, Sr. Antônio Carlos, me convidava para almoçar com ele e a sua família. Se eu aceitasse, ele me pegaria no hotel e, depois da refeição, me levaria até o aeroporto e já iria aproveitar para checar a situação do voo. Achei muito simpático aquele convite e, obviamente, aceitei. Fiz, então, o *check-out* no hotel e para lá me dirigi.

Aquela visita na casa de alguém (no caso, uma tradicional família portuguesa) em dia de Natal, e com influências dinamarquesas, foi muito marcante, pois os quitutes eram todos frios, envolvendo salmão, bacalhau e diversos docinhos. A esposa do gerente Antônio Carlos, chamada Sophia, tinha descendência sueca, mas falava perfeitamente português com algum sotaque escandinavo. Ela estava grávida e a bebê, esperada para o mês seguinte, se chamaria Maria Tereza, como a mãe do marido, já falecida.

Aquele era um casal extremamente hospitaleiro e foi uma pena não poder desfrutar de mais tempo em sua companhia. Deixei os meus contatos de São Paulo e Porto Alegre com eles para o caso de aceitarem ser meus convidados no futuro. Foi muito bom ter estado com eles, e ainda hoje me lembro com carinho da atenção daquelas pessoas por terem convidado uma pessoa estranha, acidentalmente em Copenhagen, para passar com eles um momento tão especial e íntimo. Ao final da refeição, o casal me levou ao aeroporto e, ainda no balcão da Varig, encontrei o comandante, Érica e o gerente Antônio Carlos. Uma poderosa comissão de frente.

Após o *check-in*, fui conduzida, por eles, até o avião e acomodada na primeira classe, já que havia lugares vagos naquela cabine. O embarque ainda não iniciara e tive oportunidade de ver de perto um pouco do trabalho da equipe naquele voo.

O voo decolou com destino a Frankfurt, onde a minha sorte seria lançada... Voo pousado no destino, informações atualizadas sobre o embarque próximo chegaram até a chefe de cabine. O voo estaria mesmo lotado. *Full booked*. O comandante foi informado. Não havia outros passageiros extras na cabine, já que a família do comandante viajou na cabine de passageiros, bem como os demais familiares dos tripulantes. Então, fui chamada a viajar na poltrona extra da cabine de comando e lá fiquei até o Rio de Janeiro.

Nunca terei agradecido o suficiente àquelas pessoas que me deram suporte naquele lugar gelado em pleno Natal. De coração, agradeço ao espírito verdadeiro de Natal, a empatia daquele supervisor da Scandinavian, do Gerente da Varig em Copenhagen, Antônio Carlos (e sua esposa Sophie), além de todos os tripulantes do voo da Varig, daqueles dias 24 e 25 de dezembro. Foi um Natal único e, por isso, inesquecível, mesmo tendo ocorrido em meio ao contratempo de meu retorno de Londres.

A vida traz mesmo muitas surpresas e desvios de rotas e, quase sempre, traz consigo oportunidades únicas de criarmos boas lembranças.

\#

Na chegada ao Rio, fui informada que a bagagem despachada pelo voo da SAS havia desaparecido após o desembarque ainda na esteira, o que não era exatamente uma surpresa, visto que naqueles dias isso estava acontecendo com frequência, sendo comprovado posteriormente que havia uma quadrilha agindo nos desembarques. Os casos foram investigados e o crime foi comprovado pelas câmeras de segurança do local, e os responsáveis devidamente presos.

Apesar disso, o valor de tudo o que relacionei como itens na bagagem extraviada foi ressarcido pela SAS, apesar das passagens grátis.

Sou mesmo uma pessoa de sorte.

Chegando em Porto Alegre, finalmente, comi o picadinho de carne com arroz e farofa...

Um novo ciclo

Outros voos e outros anos vieram e se foram. E dei--me conta de que os 12 anos lá em cima, literalmente, voaram. Durante esse tempo, alimentei o coração e a mente com experiências, embora nem a metade delas tenha sido aqui incluída.

E, um dia, o pensamento naturalmente surge:

— O que é viver, se não criar memórias, ter histórias para contar e poder revisitar as experiências vividas mais à frente?

De repente, o momento já era outro e as necessidades interiores também. Então, já de volta ao sul, fui continuar a vida acadêmica, nas literaturas de língua estrangeira que sempre estiveram comigo lá em cima, nos breves momentos de descanso entre um pouso e outro, alimentando o espírito.

E a vida seguiu seu curso, então como cidadã, mãe, secretária, professora e coisa e tal.

No caldo de minhas experiências "lá em cima", alguns momentos mais do que outros sintetizaram as lições e o mel que deles saboreei. E deles compreendi que a vida é muito maior do que nossos horizontes limitados e que o melhor desta viagem é mesmo o percurso, com todas as surpresas e as mudanças de rumo inerentes a ela.

A vida não cabe em classificações e nem sempre responde às nossas expectativas, o que frequentemente torna-se algo salutar. Talvez esteja aí o seu valor maior e o mais simples de todos: o inesperado está sempre ali, à nossa espera, em cada viagem, e cabe a nós tirarmos dele o sumo de nossa existência.

Mas, afinal, como avaliar a viagem, estando em pleno transcurso?

\#

Por ora, agradeço a quem esteve comigo lá em cima e a quem me acompanhou até aqui, desejando que possamos compartilhar novas histórias lá em cima ou em páginas ainda em branco que a vida venha a nos presentear.

FIM

Nesse outro tempo, o seu livro era o chão imenso por aí afora.
Quem lhe virava as páginas eram as estações do ano.

(Mia Couto em O outro pé da sereia)